集英社オレンジ文庫

雪があたたかいなんて いままで知らなかった

美城　圭

本書は書き下ろしです。

目次

登場人物
ソラ
澤村千尋

澤村義孝
桐岡美鈴
岩木治

イラスト／mocha

雪が
あたたかいなんて
いままで
知らなかった
Do you know
how warm the
Snow is?

プロローグ

どんよりとした灰色の雲が窓の向こうに広がっていた。

クレイ舗装された灰色の校庭と、枝をむき出しにした冬枯れの木。三階の教室から見える景色は、まるで鉛筆だけで描かれたモノクロの絵のようだった。

未来《みく》はぼんやりとその景色を見つめていた。わけもなく心がざわめいて、久しぶりの絵画モデルつきの授業なのに、キャンバスに向かう気になれなかったのだ。

「雑賀《さいか》！　雑賀未来！」

先生の声で未来は現実に引き戻された。

(やばっ！)

慌てて鉛筆を構える。けれど真っ白なままのキャンバスを見て無駄な抵抗だと気づく。

「すいません！　ちょっとボーっとして……」

そう言いかけた時、後ろから友人のアッコの声がした。

「未来、違うっ」

見ると、入口に見覚えのある事務のお姉さんが立っていて、未来に手招きをした。

（事務のお姉さんが、なんで私に？）

廊下に出ると、お姉さんが声を潜めて未来に言った。

「ご家族から電話で、急いで病院に来てって」

「え……」

「お身内の方、急変されたそうよ」

「きゅう、へん？」

意味がわからなかった。ひらがなで呟いたその言葉を、漢字に変換しようとしたけれど、感情がそれを拒否しているみたいだった。

ぼけていたピントが合うように「急変」という文字が頭に浮かんだ時、未来はアッコが渡してくれた鞄《かばん》を抱え、誰かが「コート！」と叫んでかけてくれたそれを羽織り、丸ノ内《まるのうち》線の駅へと続く道を走っていた。

——わかってる、わかってるって、何度も何度も考えたもの。そういう日が来ること。そして、そのほうがいいのかもしれないって、覚悟だってとっくにすんでたもの。

未来は自分に言い聞かせた。でも、気持ちがついていかない。そして気づいた。

本当は心のどこかで信じていたことに。一縷《いちる》の望み、奇跡ってモノを。

(神様のバカ!)

恨《うら》みの言葉を頭の中で吐き出した時、ふわっ、と何かが目の前を横切った。

それは、今年初めて東京《とうきょう》に落ちてきた雪だった。

心もとなく風に飛ばされていく雪が儚《はかな》く消えていく命のように思えて、未来は立ち止まり、ほんの少しの間、雪を見上げるふりをして涙をこらえた。

いつしか景色はぼやけて世界が白く染まっていった。

澤村千尋

ひっきりなしに落ちてくる雪は虫の大群みたいだ。背中に感じていた根雪の冷たさも、今は麻痺《まひ》したみたいに感覚がなくなってる。きっと今、僕のライフゲージはどんどん下がっていって、回復魔法でもかけられない限りこの世界から消えていくんだ。

校舎裏で仰向《あおむ》けに倒れたまま、僕は自分がいなくなったあとのことを考えた。

津軽南《つがるみなみ》高校の一年生凍死、事故か自殺か？　そんな記事が出るかもしれない。

澤村《さわむら》家のみんなは「一族の恥《はじ》さらし」って、父さんを責めるんだろうな。そしてまた母さんを泣かせてしまう。ダメだ、起きなきゃ！　頭ではわかっているんだけど、体は鉛《なまり》みたいに重くって、どうやったって動く気がしない。

……静かだな。

世界中の音が白い雪に吸い込まれていくみたいだ。

できるなら僕の存在すべてを消してくれればいいのに。澤村千尋《ちひろ》なんて人間は、もともといなかったことにして、誰も悲しませず煩《わずら》わせず、記録も記憶もきれいさっぱり消してくれれば……。もともと僕は変な子供だったし、この世界に生まれたのが間違いだったのかもしれないんだ。

ザクッ……、

固まりかけた雪を踏む音がして世界の音が戻ってきた。ザクッ。その音に合わせたように心臓が鼓動《こどう》を打つ。ザクッ、ドクン、ザクッ、ドクン。

ダメだ、来ないでよ！

気づけば巨人が真横に立っていて、僕を見下ろして言った。

「寒くないか？」

……人間だった。

こういう場合「何してんだ？」とか「どうしたんだ？」とか訊《き》くもんだと思うけど。ただ、訊かれて体が思い出した。すごく寒いってことを。

「寒い……」と言うと、「だよな……」って声が返ってきて、目の前に大きな手が差し出された。回復魔法？　なわけないんだけど、反射的に手を動かしたとたん、ふわって体が浮いた。片手で軽々と僕を持ち上げた人間の顔を見たら、同じクラスの生徒だった。

……消えてしまいたい。

変なヤツって絶対思われた。こういう時どう誤魔化《ごまか》せばいいんだろう。そう思うほど頭の中はパニくって、僕は、「ど、ども」とか意味不明の言葉を発しながら、落ちていた鞄《かばん》を抱え、走り出した。

後ろから「おい」って声が聞こえた気がしたけれど、塀際《へいぎわ》の隙間を通って校門を飛び出し、横断歩道を渡って城址《じょうし》公園に飛び込むまで、僕は一度も振り返らなかった。

やっちゃった……。

立ち止まり、吐き出した息がため息になる。

僕を助けてくれたクラスメートの名は岩木治《いわきおさむ》と言った。岩木山《いわきさん》と太宰治《だざいおさむ》をたしたような名前はめっちゃ津軽っぽくって、それでフルネームを覚えていたんだ。

上手《うま》く誤魔化せばよかった。ちょっと転んだだけだとか、寒さを体験してたとか、雪を下から見たくなったとか、考えてみればたいしたことじゃない。いくらでも言いようがあったはずだ。せめてちゃんとお礼の言葉くらい言えば――なんて考えたけど、そんなことができるなら走って逃げたりしていない。

岩木君はたぶん、僕とは真逆な人間だと思う。背が高くて、体が大きくて、運動が得意で、声がでかくて、いつも友達に囲まれて、口を大きくあけて笑える人。

きっと明日になれば、今日の出来事をみんなに言いふらすに違いない。

「あいつ、昨日校舎裏でさあ……」「変なヤツ。俺がいなかったらマジ、死んでたかも」

クラスメート達に囲まれて、頭一つ飛び出た姿が、言葉を変えて何度も浮かんできた。

僕はどうしていつもこうなんだろう。色々なことが上手くできなくて、最悪にしてしまうんだ。


憂鬱《ゆううつ》な気持ちを引きずったまま、僕は城址公園の道を歩いていた。

雪はさっきまでの凶暴さが嘘《うそ》みたいに風でふわふわ舞っている。

帰ってオンラインゲームの新しくUP《アップ》したダンジョンに入ろうとか、パズルゲームをしようとか、現実から逃げる方法を考えていた時、赤いマフラーが目の端で動いた気がした。

胸がトクンと鳴る。あの女の子だ。

立ち止まりその赤色を目で追った。マフラーが舞い散る雪の中で見え隠れするたびに、また胸がトクンと鳴った。ダメだって頭では止めているのに、足は勝手に女の子を追って、家とは反対の追手門《おおてもん》のほうへと踏み出していた。

初めて女の子を見たのは三学期が始まって間もない頃だった。それから何度も見かけた。今日みたいに友達と一緒の時もあれば、年配の人と歩いていた時もあったけど、紺《こん》のコートに赤いマフラーを巻いた姿を、どうしてだか僕はすぐに見つけてしまう。

途中の分かれ道で友達に手を振ると、女の子は高台へ上がっていった。マフラーの赤い色を頼りにあとを追った。

これってストーカーなのかな。見つかったら「きもい」って言われるかな……。

そう思いながらも止められなくて、気づけば雪で埋め尽くされた本丸《ほんまる》広場に来ていた。


「さみー！　めっちゃ、さみー！」

「手袋してんのか？　だせっ！」

「手袋なしで津軽の冬をのりきれっか！」

学校帰りの男子生徒が数人、小さな子供みたいに声を上げて騒いでいた。その声が雪に邪魔《じゃま》されながら途切れ途切れに聞こえてくる。そのはるか向こうの見晴台《みはらしだい》に女の子はいた。柵《さく》から体を乗り出すようにして岩木山のほうを見ている。

人を捜《さが》している振りをして少し近づいてみた。自然に振る舞おうとするほど体がぎくしゃくして、石の怪物ゴーレムみたいになった。

そうしていたら、突然、「岩木山〰〰！」って、声が聞こえた。

え……？

女の子が岩木山の方向に、思い切り手を振って叫んでいた。

なんだろうあれ？　友達がいるならともかく、一人でって恥《は》ずかしくないのかな。それに岩木山、見えてないし……。男子生徒にからかわれなきゃいいけど……。そう思って生徒達を見たら、雪をかけ合ってふざけていて、まったく気に留めていないみたいだ。

雪で覆《おお》われた木の陰《かげ》からもう一度彼女を見た。

岩木山に向かって両手を振り続けていた。可愛《かわい》いだろうというのはわかっていたけど、近くから見る横顔はその辺のアイドルを軽く越えるくらい、すごく可愛い。南高の生徒じゃないのかもしれない。あんな子がいたら絶対目立つはずだし……。コートの下の制服が見えればわかるんだけど。

ボーっと考えていたら、女の子がもう一度「岩木山〰〰！」って、叫んだ。両手を大きく振る姿はとても楽しそうで、キラキラ輝いて見えた。

僕はバカだ。あの女の子がどこの誰だって関係ないのに……。

さっきの生徒達は相変わらず気にも留めてないし、僕ももう変には思わなかった。どんな状況でも自分色に空間を染められる子っている。そういう子は何をしても許されるんだ。その空間の端っこにいることさえ許されない僕は、それでも女の子を見るのをやめられなくて、せめて気づかれないように小さくなっていた。

だから後ろから「おい！」って声がした時は、本当にびっくりして「わっ！」と、飛び上がってしまった。

「おまえ、速いな」

岩木君だった。僕を追いかけてきたらしい。

「ご、ごめんなさい！」

思わずそう言った。逃げ出したことになのか、女の子を見ていたことになのか自分でもわからないけど。そうしたら、目の前に緑色の財布が差し出された。

「おまえんだろ？　明日でもいいかと思ったけど、気になったから」

「あ……」

落としたことにさえ気づいてなかった。

「札《さつ》、一枚も入ってねえし……」

探るように岩木君が僕を見た。その目が「おまえ、なんかあったのか？」と問いかけているみたいだ。

「あ、忘れてて、朝、お金、入れるの。だから、なくてもあたりまえで、お金は机の上に置いていたから、た、たぶん、そこにあると……思うし……」

今度こそ上手く言わなきゃと思ったのに、自分でも何を言っているのかわからなくなって、最後は彼から目を逸《そ》らした。

「ふ〜ん」

岩木君は僕の嘘を見透かすように首をポキポキって傾《かし》げて、そのついでみたいに岩木山の方向に目を向けた。ダメだ、そっちにはあの女の子がいるのに！

でも彼はまったく気にしないように、「岩木山、見えねぇ」って言って白い息を吐いた。

思わずその目線を追う。

気づくと、女の子がこっちを見ていた。

一瞬目が合う。胸がトクンとする。

慌てて目を逸らすと声が聞こえた。

『そこの君っ！』

女の子が僕達のほうを指差していた。なんで？　パニくりながら思う。

そうか、岩木君の知り合いなんだ。そう思って岩木君を見たら、彼も同時に僕を見た。

「ところでおまえ、ここで何してんの？　待ち合わせでもしてるのか？」

「あ、あの、そうじゃなくて、女の子が……」

「女の子？」

「こっちに向かってくるけど、岩木君の知り合いじゃ……？」

「何言ってんだ？」

こっちが訊きたい。もうそこまで来てるのに！

ところが女の子は僕達の目の前で立ち止まったと思ったら、僕に向かって言った。

『私が見えてるの？』

心臓が飛び出しそうになって、そのままフリーズした。

透き通るような白い顔と、深くて黒い瞳《ひとみ》が間近にあった。そして気づいた。こ、この女の子、が見えていたのは僕だけだったんだ。

『やっぱり見えてるよね？　私のこと』

その黒い瞳が、僕の顔を覗き込む。

「うわぁぁぁぁぁぁ‼」

自分のものとは思えない声が出た。僕は反射的に岩木君の後ろに隠れた。

「な、なんだ！」

「こ、こないで……」

「はぁ？　おまえ、なんなんだよ！」

岩木君が何か言ってるけど、それどころじゃない。

目の前にいた女の子が急にいなくなったと思ったら、僕の真横に現れて言った。

『私と友達になって』

「うわぁぁぁぁ‼」

逃げようとしたら、岩木君に腕を掴《つか》まれた。

「大丈夫か？」

大丈夫じゃない！　腕を掴まれたまま雪の中に倒れこみ、逃げようともがいた。この醜《しゅう》態《たい》を女の子は首を傾げて見ている。普通の人間みたいに。違う、僕にしか見えないとしたら、この女の子は生きた人間じゃないんだ！

さっきの生徒達の甲高《かんだか》い笑い声が本丸広場に響いた。

「なんだあれ？」

「あのちっこいの変じゃね？」

そんな声が聞こえてくる。

「落ち着け、落ち着いて何があったか話せ」

岩木君の強い腕に引き寄せられた。僕に回復魔法をかけたその大きな手が両肩に置かれ、まっすぐな目で僕を見た。だから、思わず言った。

「そこに女の子がいて、僕に話しかけているんだ！」

まっすぐだった彼の目が一瞬戸惑い、どこに？　って、周りを見る。

「岩木君には見えないと思う。た、たぶん、幽霊だから」

「はぁ～？」

岩木君の困惑した声が白い息と一緒にもれた。

「ほ、本当なんだ。僕には見えるんだ。死んだ人とか、おばけだとか、他の人には見えないものが！」

誰にも言わないと封印していたことだったけど、一度口にしたらどうしても信じてもらいたくなって、必死に言い募った。

女の子はいつのまにか後ろに来ていて、肩から僕を覗き込んだ。

『じゃ、やっぱり私、幽霊なんだ』

「うわぁぁぁぁ！」僕はまた岩木君の後ろに回りこんだ。彼は参ったなって顔で、振り向いて僕に訊いた。

「で、その幽霊はなんて言ってんだ？」

「『じゃ、やっぱり私、幽霊なんだ』」

「なんだそれ？」

「さっきは『友達になって』って言われた」

フッ……と彼の口元から笑いがこぼれた。

「バッカじゃねーの。幽霊が友達とか、マジ、ありえねーし」

一気に正気に戻る。なんでこんなこと話しちゃったんだろう。わかってもらえるわけないのに。僕をわかってくれる人なんて、いるわけないのに。

「そ、そうだよね……幽霊とか、ありえないよね……冗談なんだ、少しくらいウケないかな、なんて……ぼ、僕、冗談へた、だから」

笑おうとしたけど上手く笑えなくて、僕は泣きたくなった。

女の子はやっぱり僕の目には見えている。岩木君の横で心配そうに僕を見ていた。

結局僕はそれ以上言えず、「嘘ついてごめん。全部忘れて」と言って逃げ出した。

『君に頼みたいことがあるの。また来て。ずっと待ってるから』

耳元で女の子の声が聞こえる。耳をふさいで全速力で走った。

赤いマフラーなんて追わなきゃよかった。考えてみればおかしかったんだ。毎日のように見かけるなんて。そういえば女の子の傍《そば》に色々な人がいても、相手の反応はなかった気もするし……。

もしかして、本当に友達がほしかったのかな。

でも無理だ！　幽霊と友達なんて。僕はこの世の何より幽霊が怖いんだ！

家に近づくと玄関先で従兄《いとこ》の義孝《よしたか》さんが車の雪を払っていた。この人は僕が弱っている時を選んで待ち構えているんじゃないかと、いつも思う。

「死にそうな顔だな、幽霊でも見たのか？」

メガネの奥の目が僕を見た。僕はその冷たい視線で凍らされないように、目を伏せた。

「うん」と言ったらこの人はどうするだろう。また病院に連れていくとか言い出すのかな？　それとも立ち直れないくらい罵倒《ばとう》されるのかな？

「そ、そんなわけないよ。ただ、寒いから」

そう誤魔化すと義孝さんはフッと息を吐き、ついでみたいに「イラつく」と、呟いた。

弱った僕にとどめを刺して高級車に乗りこんだ義孝さんは、僕のラスボス『魔王』だ。

「澤村家の迷惑になることだけはするなよ」

前を通り過ぎていく車の窓越しに見える、人間の振りをした横顔は、カッコイイ。と、思う。津軽でこんなにスーツと高級車が似合う人を僕は知らない。性格の悪さを差し引いてもかなりおつりがくるくらい。僕と義孝さんが血の繋《つな》がった従兄《いとこ》弟だなんて、何かの間違いとしか思えない。せめてもう少し、僕の背が高ければいいんだけど。

母屋《おもや》の前を通り抜けると母さんが雪かきをしていた。

「あら、おかえり。今、義孝さん出ていったでしょ」

僕は母さんからスコップを取り上げながら頷《うなず》いた。母さんは腰をトントンと叩きながら、

「また縁談があるみたいよ」と言った。

「義孝さんが女の人と一緒にいるって想像できないや。彼女の話とか聞いたことないし」

「女嫌いって噂《うわさ》よ。残念ね、あんなにイケメンなのに」

母さんにかかるとあの義孝さんもただのイケメンって一括《ひとくく》りにされる。

「今度の縁談はお爺《じい》様の言いつけだから断れないわね。今時政略結婚なんて、バカみたい」

「本家に聞こえるよ」って言ったら、母さんは、「別にいいのよ」と笑った。

僕のせいで肩身の狭《せま》い思いをしていた母さんは、いつからか開き直ったみたいに言いたいことを言うようになった。強くなったっていうより、そうやって僕を守ろうとしている気がした。

死ななくてよかった……。そう思ったけど、赤いマフラーの女の子を思い出して、気持ちが重くなった。もう城址公園を通れない。でもあの女の子が僕をずっと待っていると思うと、怖いのは別として、可哀《かわい》そうな気がする。それに岩木君。明日僕は、彼の前でどんな顔をすればいいんだろう。

凍りついた雪をスコップで叩きながら、僕は絶望的な気持ちになった。

岩木治

　ファイ、オー！　ファイ、オー！　——俺達の息で廊下のガラス窓が白く曇《くも》っていく。数十メートルの廊下に閉じ込められた冬の弱小陸上部は、思い切り動く自由も新鮮な空気を吸う権利も奪われて、もがいている水槽《すいそう》の魚みてーだ。

「廊下《ろうか》って、走っちゃ、いけませんって、小学校の先生に、言われなかっ、たっけ？」

　酸欠気味にパクパクと喘《あえ》ぎながら親友の健太《けんた》が言う。

「ちょうちんアンコウか。そんなに空気吸われたら俺の分がなくなるだろーが！」

　軽く頭を小突くと健太は「はぁ～ん」と、まぬけな声を出し、

「ちょうちんアンコウやめろ！　オスこ～んなちっちゃいんだぜ。こ～んな」

　指で数センチくらいの幅を示した。生物の教師が雑談で言っていたグロイ生殖活動——数十倍の体を持つメスに数センチのオスが噛《か》みついてひっついて、最後はメスの体に吸収されるっていう話が衝撃的で、ちょうちんアンコウは今のところ『ぜってえなりたくない

生き物』ナンバーワンだ。

「吸収されちまえ！」

その指を払って、折り返し地点をまっすぐ走り抜ける。

「治《おさむ》ちゃ～ん、どこまで行くんだよ～？」

健太の声が追いかけてくる。

「八甲田山《はっこうださん》！」と答えると、別の方向から「遭難《そうなん》するなよ！」と、先輩の声が返ってきた。

「チース！」と言いながら振り返ると、健太が俺に続こうとして、やっぱりやめたとばかりに廊下を折り返すのが見えた。

ヘタレめ、グラウンドを走らないで何が陸上部だ。

ベンチコートをひっかけグラウンドに出ると、風にあおられた雪が襲《おそ》いかかってきた。地吹雪も加わって、視界数メートルの世界。まさに冬の八甲田山。

こんな中で走ったら、マジ遭難だな……。

グラウンド制覇を諦《あきら》めて裏庭から渡り廊下に向かう。雪だるまになって戻ってもバカ呼ばわりされるだけだろーし。まあ、すでにそう思われてるだろうってことは棚に上げる。

冷たい空気を思い切り吸い込むと、一緒に吸い込んだ雪が口の中で溶けていく。まだ誰も踏んでいない雪がザクザクと俺の重みで沈む。この感じが好きだ。

耳と顔だけはいつまでたっても冷たいのに、体の中心は走るほどに熱を帯びてくる。この感じも好きだ。ベンチコートにこもっていく熱をギリギリまで我慢して解放する。よし、今だ！　と、コートのファスナーに手をかけた時、渡り廊下からはみ出して、校舎裏に進んでいく足跡を見つけた。

こんな天気の日に、俺以外にこんな場所にくるヤツがいるのかと思い、少し跡を追った。幾《いく》つかの足跡が交錯している。新雪で消えかけているのを見ると、少し時間が経《た》っているのかもしれない。

誰もいねー……と、引き返そうとした時、真っ白い空間に僅かに黒い異物が見えた。

背が高いっていいね、とよく言われる。異論を挟《はさ》む気はないが、いいことばかりでもない。「岩木《いわき》君の頭で黒板見えませーん」と同級生に言われ、自然と席が一番後ろになった。クラスの最後部にいると、色々なことが見えた。誰が誰を好きだとか、つき合っているとか別れたとか、カンニングじゃね？　と思う瞬間や、イジメっぽい出来事。

確信があるわけでもなく、俺はただ見ているしかなかったが、心ならずも他人のプライバシーに触れてしまった気がして、なんだかもやっとした。

その中に一人、変なヤツがいた。いつも気配を消しているみたいに存在を感じさせないのに、突然挙動不審になったり、何かを凝視したり、別の次元に生きているヤツ。

最初のうちは、地元の名士の血筋なこともあり、「可愛《かわい》い」と人気だったのに、人とまともな会話ができなくて、今では誰も相手にしない。その残念なヤツ澤村《さわむら》が、校舎裏の雪の上に仰向《あおむ》けに倒れていた。

寒くないかと訊《き》いたら、「寒い……」と返事が返ってきた。他に訊くことあるよな、俺。ともかく雪の中から引っ張り上げたら、澤村は逃げた。

相変わらずの謎リアクション。驚きもしなかったが、足元に緑色の財布が落ちていたので、おい！　と声をかけた。

が、もういない。明日渡せばいいかと思って一応中を確認すると、澤村千尋《ちひろ》と書かれた身分証が入った財布の中には、お札《さつ》が一枚も入っていなかった。

あいつやばくね？

この学校は進学校で、目立った不良はいないが、それでも誰もが進学目指して頑張《がんば》っているわけじゃなく、嫌な噂《うわさ》を聞くことがある。家が金持ちでいかにも弱そうなあいつがカツアゲされて雪の上に倒れていたとしたら。いや、あの状況ならそう考えるほうが自然だ。

俺には関係ねーし。そう思いながらも、ただ嫌だった。空の財布を持っていることが。

「めんどくせえ！」

声に出して言った。そして一気に走った。足跡が残っている。俺ならすぐに追いつける——そう思ったのが間違いだった。あいつが通った塀際《へいぎわ》の空間はめっちゃ狭《せま》い。だいたい人が通るようには作られていないのだ。

何度も枝に引っかかり、枝から落ちる雪にまみれながら、ようやく校門を出ると、高校口の門から城址《じょうし》公園へと消えていく澤村の後ろ姿が見えた。

少し本気で走る。城址公園に入ると人通りは少なく、足跡だけで追うことができた。その足跡が本丸《ほんまる》広場に続いている。その広場でようやく澤村を見つけた。

あいつは俺の存在に気づく様子もなく、固まった雪だるまみたいにギクシャクと歩いていたかと思うと、木の陰《かげ》で立ち止まった。何か見ているのか？　近づいて「おい！」と言ったら、「わっ！」と、飛び上がった。驚きすぎじゃね？

とりあえず財布を返したが、そこから先のことは意味不明。叫び声を上げて俺の後ろに隠れたかと思えば、幽霊がそこにいるとか言い出すし、その幽霊が友達になってくれって言ってるとか、ありえねえ……。

最後は、「全部嘘《うそ》だ」と言って、泣きそうな顔をして逃げていった。

なんだこの罪悪感。俺、すげぇ悪いことした気分。

あいつが変なだけで俺は何もしてない。むしろ親切に財布届けてやったんだ。だいたいおかしいだろ、幽霊が話しかけてくるなんて。

それなのに、あいつの泣きそうな顔が目に焼きついた。

さみぃ。戻ろうとして一度だけ振り向いた。もちろんそこに幽霊なんていなかった。

弱小陸上部が練習場所にしている廊下に戻ると、窓が開けられ風通しがよくなっていて、酸欠気味だった健太も普通に息をしていた。先輩から「無事生還か」と言われて、チース、と、気のない返事をした。

「何、そのヘタレ感。八甲田山で幽霊でも見たんか?」と健太が言った。

「見てねーし」そう答えて、柔軟をしていた健太の背中に体重をかけてやった。「いてー」と叫ぶ声を聞きながら、澤村の顔が浮かんだ。「全部嘘だから」と言いながら、泣きそうだったあいつの顔。そんなありえねぇ嘘、どうしたら考えつくんだ。

「健太さー、幽霊とかいると思う?」

「えー? 何、急に。はだかエプロンの幽霊ならいつでも大歓迎だべ」

こいつに訊くんじゃなかった。さらに体重をかけてやる。

「股割《またわり》やめろー」健太が叫ぶ。面白《おもしろ》がって先輩達がさらに足を引っ張る。おもちゃ状態の健太を先輩達に任せて、外に向かって深呼吸したら、「急に何？　幽霊とか言っちゃって」後ろから愛子《あいこ》先輩の声が聞こえた。しっかり話聞かれてるし。

「いや、どうなのかなと思って。愛子先輩はいると思いますか？」

「いないよりいたほうがいい。死んだら何もなくなっちゃうのかなって思うよりは」

「そうすっかー、俺は死んだ時のことなんて考えたこともねーし」

そう言ったら、先輩は少し考えて言った。

「自分がっていうより、今までいた人がどこにもいなくなっちゃうって思いたくないから」

直球で言われてしまい、しまったなと思った。そういや先輩は震災で友達を亡くしたって言ってたっけ。

俺も昔一度だけそういう存在を信じた時期がある。だから信じる人間を全否定はできないが……。でも、友達になってなんて、幽霊がふつう言うか？

だらだらとした部活が終わったあと、弘前《ひろさき》駅まで歩き弘南《こうなん》線に乗った。LINE《ライン》をチェックすると、おふくろから買い物要請があった。[買い忘れた、白菜三個]。あの人は日課のように毎日何かを買い忘れる。ていうか、わざとじゃね？　白菜三個って。

歩けば三十分の雪道を、白菜を抱えて走って帰った。白菜を抱えて走る高校生、笑える。

「ごめんごめん、白菜ないと鍋《なべ》できないからさぁ」

家に帰ると、出迎えたおふくろが言った。

「鍋だとしても白菜三個ってありえねーだろうが」

「いいじゃないの、ついでだし。どうせすぐ使い切っちゃうんだから」

そう言ってあははと笑う。ま、いいけどなー。

チビ達に見つからないように台所に白菜を運び、そのままおふくろを手伝った。

「いつもわるいね、帰ったばっかなのに」

別に……。と、日課みたいな会話をしながら白菜の汚れた部分をひっぺがしていたら、また思い出してしまった。泣きそうな澤村の顔。

「おふくろってさあ、幽霊っていると思う？」

特別な意味はなかったのに、おふくろが怯《おび》えた顔で俺を見た。

「どうして急にそんなこと訊くの？」

普段は子供何人も産んで世界最強って顔しているおふくろだが、たまにこういう顔をする時がある。

「いや、健太がはだかエプロンの幽霊大歓迎とか言っててさ、あいつバカだ」

おふくろは、拍子抜《ひょうしぬ》けしたみたいにキョトンとして、そして、「あの子はホントにバカだねえ」とケタケタ笑いだした。それでいいんだ。ホッとしながらその笑顔にどこかイラつく。

くそっ、なんでこうなんだ。

「あ、兄ちゃん、帰ってる！」

ガキどもに見つかった。

「こら、台所で暴れたら、おまえらの鍋、肉なしにすっぞ」

「嫌だ、肉いれろ」「餅《もち》食べたいー」「鶏肉、オレ鶏肉」「豚肉だ」「白菜いらねー」

たちまち騒ぎ出す男ばかりの四人のガキ。うるせー、と思うけど、このバカバカしい賑やかさがあったから、俺は今こうしていられるんだ。

もう一度あいつに話を訊こう。四人のガキどもを見ているうちにそう思った。このガキどもを泣かせないように過ごしてきたせいか、俺は泣き顔に弱いのかもしれない。幽霊とかわかんねーけど、もう一度確かめてみよう。なんであんなことを言ったのか。でないともやもやしっぱなしだ。

翌日、部活をサボって、朝から俺の目を避け続けていた澤村千尋を校門の前で捕獲《ほかく》した。

「そこまで一緒に行こう」

と言うと、澤村はめっちゃ怯えた顔で俺を見た。

「き、昨日のことなら忘れて。嘘だから」

そう言って、澤村は城址公園の高校口を避けて別の道に向かった。

「澤村んち、城址公園が近道なんじゃねーの？」

入学したての頃、北門の先の古い屋敷が立ち並ぶ辺りにでかい屋敷があって、そこが澤村の家だと聞いていた。いらねーと思った情報がこんなところで役に立つ。

「や、やめたんだ。近道」

「なんで？」

そう訊いたらすごく困った顔をして俯《うつむ》いた。これって、俺がいじめっ子で澤村をいじめている図だな、どうみても。

「あ、俺が悪かった。もういい、もうやめた」

言って澤村に背を向けた。俺はやるだけやった。これ以上は無理だ。自分にそう言い聞かせる。そしたら後ろから、悲鳴みたいな声が聞こえた。

「待ってるって言われたんだ！」

振り向くと、やっぱり澤村が泣きそうな顔をしていた。

「その、ゆ、幽霊の女の子が、頼みたいことがあるからずっと待ってるって」

嘘だろ——と言いそうになるのを抑《おさ》えた。言ったらこいつはまた心を閉ざす。そう思ったから。それに内容はとんでもないが、この必死な顔が嘘をついているとは思えない。

俺は澤村の腕を摑んだ。

「な、何すんの？」

「何って、待ってるんだろ幽霊。話、聞きに行こう」

「ダ、ダメだ！　中にいるかもしれないし」

「だから行くんだろーが」

やっぱりいじめてるみてー、と思いながら、澤村を城址公園に引っ張っていった。

なんでこんなことになっちゃったんだろう。クラスメートに手を引っ張られ、自分から幽霊のいる場所に向かっているなんて、ありえないことが今僕に起きている。

昨日岩木《いわき》君に「幽霊が見える」って話したら、ありえねーと笑われた。だからもう絶対誰にも話さないって決めたのに、どうしてだか信じてほしいって思ったんだ。「もういい、もうやめた」そう言って、岩木君が背を向けた時に。

その日は数日ぶりの晴天で、桜の木に積もって凍った雪が、日差しを反射させて、キラキラ光っていた。

そんな中、岩木君は「嫌だ」と言う僕の手を掴《つか》んで、本丸《ほんまる》広場のほうに引っ張っていこうとした。天気がいいから観光客も何人か歩いていて、怪訝《けげん》そうにこっちを見ていた。

「い、岩木君、頼むから放してよ！」

「このままじゃしょうがないだろう！」

「そ、そうじゃなくて……みんなが……」

ハッと、周りの視線に気づいた岩木君は、慌てて手を放した。そして、「俺、何やってんだ」みたいな顔で前髪をかき上げて、一つ息をつくと言った。

「納得いかねーんだ。幽霊がいるっていうのも、おまえが嘘《うそ》ついてる、てーのも。こうやって、なんかもやってんの嫌なんだ。だから確かめたくなった」

その言葉は、急に「おまえを信じる」とか言われるより納得いくけど、確かめるって、どうやって……。まさか、本当に幽霊の話を聞けっていうのかな。

どうしていいかわからなくて、大またで進む岩木君のあとをただついていった。

あの女の子が幽霊だって知る前は、赤いマフラーを見るたびにドキッとして、少し嬉《うれ》しくて、少し寂《さび》しかった。近寄ることなんてできないと思っていた。話をするなんて考えもしなかった。彼女が幽霊じゃない普通の女の子で、「友達になって」と言われたら、僕はどうするんだろう――ボーっと考えながら歩いていたら、本丸広場へ続く坂道にマフラーの赤が見えた。

あっ……と声を上げ、僕は足を止めた。

「どうした？」岩木君が振り向く。

赤いマフラーが近づいてくる。走っているんだか、飛んでいるんだかわからないけど、あっという間に僕達の前に来て、

『来てくれたんだね！』

僕に向かって、言った。

可愛《かわい》い女の子が「来てくれたんだね！」と満面の笑みで言う――この最高のシチュエーションで感じたのは、地面の底に両足を引きずりこまれるような恐怖だった。

逃げだしたいけど、金縛《かなしば》りにあったみたいに体が動かない。

「おまえなぁ、いいかげん覚悟決めろよ。そうやって逃げててもしょうがねーだろ」

立ち止まった僕に岩木君がいらついたように言う。いや、逃げてない、ていうか、逃げられない！

「そ、そこ……」

やっと声が出た。岩木君は首を傾《かし》げて、「もしかして来てるのか？」と訊《き》いた。

女の子は岩木君に触れそうなくらい近くにいて、下から彼の顔を見上げている。

「め、目の前……」

震えを抑《おさ》え込みながら指を差すと、岩木君が下を向いた。女の子と数センチの距離でばっちり目が合った！　もちろん彼は無表情で、びっくりしてのけぞったのは女の子のほう

だ。

　全部夢だって思った。ううん、夢であってほしかった。友達になってと言う幽霊。僕を見て満面の笑みを浮かべる幽霊。クラスメートの顔を覗き込み、目が合ってびっくりする幽霊。まるで人間そのものなのに、僕にしか見えないなんて、やっぱり僕はおかしいんだ。そうとしか思えない。

　なんで岩木君はこんな僕に関わろうとするんだろう。

「おい、どこだ？　まだいるのか？」

　岩木君の声で我に返り、僕は心の中で思ったことをつい口に出した。

「ど、どうして、僕の言ったことを確かめようなんて思ったの？」

「何言ってんだ？　そんなことより幽霊少女はどうした？」

　幽霊少女は岩木君の横で手を振って自分の存在をアピールしてる。それをそのまま伝えると、彼は訝《いぶか》しげに顔をしかめた。

　だよね、あたりまえだ。

「変だよね。ありえないよね。僕だって自分の見ているものが信じられないんだもの。だからもうやめたほうがいいよ。やっぱり僕がおかしいんだ。僕だけがおかしいんだ。だからもう放っておいて、全部忘れて」

めんどくせぇ……と、岩木君が呟くのが聞こえた。これで終わったと僕は思った。でも岩木君はフッと、白い息を吐き出すと、僕に訊いた。

「いるんだろ？　幽霊少女、そこに」

「え？」

「おまえの目に見えてるかどうか、訊いてるんだ」

「……うん」

そうしたら岩木君は突然本丸広場のほうへ歩き出し、すごく大きい声で言った。

「幽霊少女。ついて来い！」

幽霊少女と呼ばれて、女の子は少しキョトンとしたけど、自分のことだとわかったようで、スキップするみたいな足取りで岩木君のあとをついていった。赤いマフラーが翻《ひるがえ》る。

僕はボーっと立っていた。今確かに岩木君は、見えない幽霊少女に向かって声をかけた。初めてだった。誰かが僕の言う幽霊の存在を認めようとしてくれたのは。

「早く来い！」岩木君の声がして、慌てて彼の背中と赤いマフラーを追った。

本丸広場に到着すると、くっきり大きな岩木山が見えていた。幽霊少女は「岩木山《いわきさん》〜〜〜〜！」って、嬉しそうに両手を振った。なんでこんなに楽しそうなんだろう。幽霊なのに。

「幽霊少女、いるか？」

そう訊かれて、「岩木山って叫んで、手を振ってる」と言ったら、岩木君はまた、俺何やってんだろう――みたいな顔で、前髪をかき上げ言った。

「とっとと始めよう。あ、あそこに座るか」

僕と岩木君はちょうど空いたばかりの東屋《あずまや》のベンチに腰を下ろした。

「おまえそこな。幽霊少女は……」岩木君は一回言葉を止めて、「なあ、幽霊って座れるのか？」と訊いた。

「座れるみたい。ていうか、もう座ってる。岩木君の左側に」

岩木君はゆっくり隣を見てため息をついた。

「俺さ、めっちゃ恥《は》ずかしいことしてる気がしてきたんだけど。これ手の込んだドッキリとかじゃねーよな」

「そ、そんなこと言ったら僕の今までの人生、ぜ、全部ドッキリなんだけど」

岩木君の横で、幽霊少女がクスッと笑った。

なんだか現実感がない。幽霊が傍《そば》にいるのにそれほど怖くなかった。ううん、考えればやっぱり怖いんだけど、こうしていられるのはたぶん、岩木君がいるからだ。

「おまえ、通訳な」

「え?」

「しょーがねーだろ、声、聞こえねーんだから。ていうか、姿も見えねーけど」

そのあと存在すら確認できねーけど、って呟いたのは聞こえない振りをした。

「じゃ、澤村《さわむら》から自己紹介しろ」

「自己紹介⁉ 幽霊と?」

「普通そうするだろ? 初めて話をするんだから」

「う、うん……」

仕方なく幽霊少女の顔を見ずに言った。

「あの、津軽南《つがるみなみ》高校一年、澤村千尋《ちひろ》。十五歳」

「じゃ次は、幽霊少女な」

そう言って岩木君は僕の真横に視線を移した。すると幽霊少女は少し困ったみたいな顔をして言った。

『わかんない』

「え?」

『実は自分が誰だかわからないの。だから君が調べてくれないかな?』

一瞬僕は混乱して言葉を失った。

「おい、なんて言ってるんだ？」

岩木君が僕を急《せ》かす。

「自分が誰だかわからないらしい。だから調べてほしいんだって」

「なんだそれ？」

「僕だってわからないよ。幽霊が記憶喪失《そうしつ》って、そんなことあるのかな？」

「名前も、歳《とし》も、何も覚えてないのか？」

岩木君が訊く。幽霊少女を見ると、

『なーんにも』

幽霊少女は明るく笑ってつけ加えた。

『気づけばここにいて、岩木山を見るとすごく嬉しくて楽しくて、生きててよかっ……ううん、生きてないけど、ここに来れてよかったって思うんだ』

その言葉をそのまま岩木君に伝えた。岩木君は魂《たましい》の抜けたような顔になって、「別に楽しけりゃいいんじゃねーの、そのままでも」と、脱力したみたいに言った。

僕は昨日雪に埋《う》もれて考えたことを思い出していた。もしこの世界から消えるとしたら、自分の存在、記憶も記録もすべて消してほしいって思ったことは本当だけど、自分が自分を忘れるなんて、考えもしなかった。

もしそうなったら、やっぱり知りたいだろうと思う。自分が誰なのか。

『最初は楽しくて嬉しくて、それだけだったんだけど、でも、色々な人を見ているうちにだんだん気になってきたんだ。私、ちゃんと死んでるのかな？　って』

「どういうこと？」

『もしかして、何かの理由で行方不明になったとかで、今も誰かが私を捜《さが》してたりするんじゃないかって。それに、家族はどうしているんだろうとか、大切な人がいたのかなとか、考え出すとたまらなくなって』

「おい、何話してるんだ？」

岩木君にせっつかれてそのまま言葉を伝えた。

「もしこれが作り話で、そんな嘘をおまえが考えていたとしたら、それはそれですげーな」

「そんなことしてないよ」

気持ちはわかるけど、もしこれが妄想《もうそう》だとしても、僕の目には確かに見えているんだ。

『無理にとは言わない。でも、ちょっと考えてみて』

幽霊少女はそう言って立ち上がると、僕達に背を向けて岩木山のほうを見上げた。

「で、澤村、どうすんだ？」

「どうするって？」

「幽霊少女の身元捜し？　やるのか？」

「む、無理だよ！　絶対無理！　どうしていいかわからないし、それに僕、幽霊とか、そういうことに関わっちゃいけないんだ」

そうだ。もしそんなことがバレたらまた母さんに迷惑かけるし、魔王に殺される。

「そか。じゃ、これで解散だな。なんだかもやっとしてっけど」

言って岩木君は立ち上がった。

「わりぃな幽霊少女、他を当たってくれ」

岩木君が宙に向かって言った。幽霊少女は僕達に背を向けたまま何も言わなかった。

歩き出した岩木君に少し遅れてついて行く。これでいいんだ。一応話はすんだし……。

振り返ると、幽霊少女はまだ同じ場所で岩木山を見ていた。怒ってるのか、がっかりしてるのかわからないけど、マフラーの赤だけが僕の脳裏から消えていかない。

「ちょ、ちょっと！」

思わず声を出していた。岩木君の背中が止まり「どうした？」と振り向く。

「ちょっとだけ待って、もう少しだけ……話、したいから」

岩木君が「ああ」と、立ち止まる。僕は幽霊少女の背中に向かって話した。

「あ、あの、ごめん。僕、幽霊とか苦手で、だから君の頼みは聞けないんだ」

『どうして君なんだろう？』

背を向けたままの幽霊少女の声が耳元で聞こえた。

『ここに来てから初めて私を見てくれた。どんなに話しかけても、声を上げても、誰も気づいてくれなかったのに、君だけだったんだ』

だからあんなふうに、岩木山に向かって叫んでいたんだと、僕は初めて知った。

そして僕だけがそれに気づいた。どうして僕なんだろう——今まで何度も思ってきたことを改めて自分に問いかけた。どうして僕なんだろう。どうして、どうして僕だけに見えてしまうんだろうと。

「で、でも……」

『私が怖い？』

幽霊少女が振り向いた。首を傾げる姿を見て、可愛いと怖いが混ざりあい、僕は曖昧《あいまい》に首を動かす。頷《うなず》いているのか、首を振っているのか自分でもわからない。

「おい、どうなってんだ？」岩木君が言った。僕は今までの会話を彼に伝えた。

「どうして君なんだろう……か。ある意味選ばれたってことだよな」

そんなこと考えたこともなかった。

「ともかく、今はおまえしかいないってことだ。幽霊少女の頼みをきける人間は」

「それはそうかもしれないけど……」

「やればいいさ。そうすればおまえがどうしてこの世のもの以外のモノを見る力を持ってるか、わかるかもしんねーし」

今まで隠し通してきた、この力――って呼べるかどうかもわからないものの意味を知るなんて、考えたこともなかった。

『君しかいないんだ』

岩木君と幽霊少女が僕の背中を押す。なんだろうこの状況。そう思いながらも僕は自分の気持ちが動いているのがわかった。それでもし、この力の意味がわかるなら――。

「や、やってみようかな……できるかどうかわからないけど」

『ホント⁉』

嬉しそうな声がした。すると岩木君は、「そうか。じゃ、頑張《がんば》れよ！」と言って、片手を上げて去っていこうとした。

「い、一緒にやってくれるんじゃないの⁉」

「なわけねーし。俺、部活あるし、バイトや家のこともやんないといけねーから」

別に約束したわけでもないのに、僕は思いこんでいた。岩木君が協力してくれるって。

「で、でも、僕……一人じゃ怖いし、一人じゃできないよ」

「まさかこんな展開になるとは思わねーし。マジで俺、時間ねーから。わりいな」

「ちょっと待ってよ！」

岩木君を追いかけようとして足がもつれた。数メートルも行かないうちに雪に足を取られて転ぶ。

消えてなくなりたい。絶望的な気持ちで雪まみれの顔を上げた時、岩木君が呆《あき》れたような顔をしてこっちに向かってくるのが見えた。

「岩木、くん？」

「少しの間だけだ」

岩木君は怒ったみたいに言った。

「このままだと気分わりぃし、少しの間だけつき合ってやる。ただし土日以外な」

「いいの？　部活とかは」

「冬の陸上部なんてろくなもんじゃねーし、ここで走ればいいだろう。ほら」

僕は差し出された岩木君の手を取った。

『やった～』

幽霊少女が歓声を上げた。

翌日から僕達は幽霊少女の事情聴取を始めた。けれども少女が覚えていることといえば、『岩木山』だけだった。それだけを頼りに身元捜しなんてできるわけもなく、僕達はいきなり壁にぶち当たっていた。

「もう一人、巻き込むか」

本丸広場の東屋のベンチで、幽霊少女を待ちながら岩木君が言った。

「巻き込むって誰を？」

「う～ん。もっと上手《うま》く話を引き出せるヤツがいいんだけど……」

『女の子がいい！』

突然、耳元で幽霊少女の声がした。

「きゅ、急に出てこないでよ、びっくりするから」

「幽霊少女、来たのか？」

「うん」

僕は幽霊少女の言葉に耳を傾《かたむ》けた。

「『誰かに協力を頼むなら女の子にして』って言ってるけど……」

「女の子って言われてもなぁ」

前髪をかき上げながら岩木君が「あっ」と、口を開いた。

桐岡美鈴

「ねえねえ、誰かこの英語訳して〜」

甘ったるい声のせいで、頭に浮かんでいた三角関数の方程式が弾《はじ》けた。耳障《みみざわ》りな声ってどうして直に耳に届いてくるのだろう。きっと彼女の声だけ特別な周波数を持っているに違いない。

「ルンルン、マジ？　休み時間に英語とかありえなくね」

「るっさいなぁ、いいからこれ訳してってば」

彼女達の声が私の頭の中を侵食していく。坂上《さかがみ》瑠美子《るみこ》って名前がどうするとルンルンになるんだろう——なんて、どうでもいいことが頭の中を支配していく。

「えー、こんなのわかんないよ。ていうか即答できる人いないし」

「一人、いるじゃん」

嫌な予感。案の定、彼女達の視線が私に向いた。

「桐岡《きりおか》さん、ちょっと頼んでいいかなぁ」

「え？」

顔を上げると、目の前に英語の文章が書かれたノートをつきつけられた。一部がショッキングピンクの小さなハートで囲まれている。

Because it is a waste of time, ride your waist on me early.

何これ？

「これ、アルビン・ローズの曲の歌詞なんだけど、意味がよくわかんなくって」

「アルビン・ローズ？」

「アメリカの新人シンガーソングライターで、綺麗なルックス、綺麗な歌声で、今人気急上昇中なんだ。天使の歌声っていうか……」

それ以上どうでもいい話を聞きたくなくて、話を遮り答えた。

「『時間がもったいないから早くしようよ』」

坂上瑠美子はきょとんとして、「何を？」と首を傾《かし》げた。

「その天使の歌声の意味。しようというのはエッチのこと。前後からしてたぶん、そんな感じ」

　彼女の目が一瞬丸くなり、キャッと崩れた。

「ローズ様ったら、やだぁ！　そんな恥《は》ずいこと言ってたんだ。でも桐岡さんってやっぱすごいね。どうしたらそんなにできるようになるの？　コツとか、ねえ、ルンルンに教えてくんない？」

　甘ったるい声が絡《から》みついてきた。あーめんどくさい。私は鉛筆《えんぴつ》を置いて立ち上がった。

「その恥ずい文章ハートで囲む暇《ひま》に文法の一つでも覚えれば」

　たぶんかなりきつい口調。彼女達は固まって口を閉ざした。

「きつー」「ルンルン、大丈夫？」「何あれ？」「感じわるー」教室を出ようとした時に聞こえた声が白々しくて、世界を遮断するためにイヤホンをつけた。

　ガンガンのロックで気分を変えようとスマホを操作したとたん、ビーと異音がした。たまたまＬＩＮＥ《ライン》が来たのだけど、予想と違うことってびっくりする。お茶だと思って飲んだのがコーラだった時みたいに。でも真っ黒のスリープ画面に岩木《いわき》という文字を見た時は、コーラだと思って飲んだのが青汁だったくらい、ぶは……っ!?　って感じのありえなさ。

　なんで岩木から？　なんでＬＩＮＥ知ってるの？　瞬間パニくり、すぐに思い出した。入学して間もない頃に声をかけられて、軽く「ＬＩＮＥ交換しよう」と言われたことを。

やり取りすることなんてないと思うけど一応ね、くらいのいわゆる社交辞令。

小学五年生以来の岩木治《おさむ》はさらに体が大きくなっただけで、表情も話し方もそのまんま、まっすぐ正しく生きていた。

だから私とは関係ないと思っていた。私は彼と関わりたくないし、彼だってたぶん……。それで、生徒達の間から飛び出した頭を見つけると、道を変えるクセがついていた。社交辞令的な挨拶《あいさつ》なんてしたくもない。なのに、

［今日の放課後、校門で待つ。　岩木］

果たし状⁉　なんなの⁉　しかも一方的に。

捜《さが》そうとしなくてもすぐに岩木は見つかった。背が高いって得だ。きっとあいつの見る世界は私よりずっと広いんだろう。

二十センチ上の世界から私を見つけて、岩木は「よお！」と、手をあげた。周りの視線が気になる。こういう時、人はどういう顔をするのか。意味なく笑うのも変だし、平静を装おうとした時点でもう平静ではない。結果、無表情。いつもと同じだ。

「何」

「何って、その。桐岡に頼みたいことがあって」

「頼み？」

まさか英語訳せとかじゃないでしょうね？　と思った時、彼の体にすっぽり隠れていた、同じ制服を着た小さい少年が後ろから出てきた。ロシアのマトリョーシカ人形みたいだ。

「何これ？」

マトリョーシカに目を向けて言う。

「これってなあ、おまえ。他に言い方あるだろう？」

「こ、この人、もしかして」

マトリョーシカが言った。捨てられた犬みたいにおどおどした目が宙を彷徨《さまよ》っている。

「知ってるのか？　桐岡のこと」

岩木がマトリョーシカに尋《たず》ねた。

「新入生代表で挨拶拒否した人、だよね。隠れ学年トップの。な、なんで、この人が？」

はぁ？　何言ってんだろう、この小さいの。

「なんでって、まあ、俺的にはベストかなと思って」

「こんな頭のいい人になんて信じてもらえないよ。絶対バカにされるし、もし人にバラされたら」

「意外といけると思うけどな。それにこいつは人の弱みをバラしたりしねーよ」

私の前で私が語られている。しかも数年ぶりにちゃんと話した男と、名前もしらないマトリョーシカに。

何、これ。バカバカしい。二人を放って歩き出すと、後ろから声がした。

「委員長！」

あー、もう！

「その呼び方やめて！」

私は振り返り、怒鳴った。

結局、小学校からの知り合いだろうとか、委員長って呼ばねーからなどと言いくるめられ、話だけは聞くことにして、二人と一緒に城址《じょうし》公園に向かった。

マトリョーシカの名前は澤村千尋《さわむらちひろ》。記憶にあると思ったら、入学したての頃に聞いたことがあった。地元では有名な名家の子らしい。騒いでいたのは坂上瑠美子達だ。「可愛《かわい》い～」とか言ってたけど、それも最初のうちだけ。

会ってみて理由がわかった。澤村千尋は変だ。

岩木は私が当然ついて来ると思っているのか、どんどん先に進んでいく。その背中は遠くから見るよりはるかに大きくて、数年の月日を感じた。そんな背中を見上げている自分にイラついて、私は足を速め、高校口の門をくぐった辺りで横に立った。

「あんたと澤村千尋って何？　ていうか、あの子あんたを怖がってない？」

岩木は、怯《おび》えた顔で遅れてついて来る澤村千尋を、振り返って言った。

「いや、あれはおまえが怖いんだ」

「無理やり連れ出されてなんで怖がられなきゃいけないの」

「連れ出したのは俺。ていうか、あいつ慣れてないみたい。人に」

それはわかる。人を見る時のおどおどとした目は普通じゃない。

「ところでおまえ、高校に入ってから俺のこと避《さ》けてね？」

いきなり図星を刺された。疎《うと》そうに見えて結構色々なことに気がついて、それを臆面《おくめん》もなく口にするんだ、この男は。だから私も誤魔化《ごまか》したりせずに言った。

「面倒くさかったから」

「なんだよ！　めんどくせーって」

「愛想笑いとか、できないし」

ふっ……と、岩木の口から息が漏れ、「そりゃそうだ」と、白い歯を見せた。

ふと懐かしさが過《よ》ぎる。バカみたいに号泣《ごうきゅう》するでかい男の子と、凍えるような空気。

彼は平気なんだろうか、私と一緒にいて。そんな気持ちを払うように目を背《そむ》けた。

「で、この寒いのになんで城址公園？」

「ちょっと会わせたいのがいて、そいつ、なんていうか記憶がないんだ」

「記憶喪失《そうしつ》ってこと？」

「まぁ、そんなところ」

少し興味が湧いた。本人にしたらたまったもんじゃないだろうけど、話では聞いても実際に会う機会なんて、そうはない。

「それでさぁ、そいつに自分の身元を調べてくれって頼まれて」

ちょっと待って、身元調べって。

「それって警察とか医者がやることであって、高校生レベルじゃどうにもなんないと思うけど」

「それがその、ちょっとわけありで」

言いながら岩木は前髪をかき上げた。たぶんこれ、困った時の癖《くせ》だ。

すると後ろを歩いていた澤村千尋が急に走ってきて彼のコートの袖《そで》をひっぱった。

「来たか」と、頷《うなず》く岩木。

何、その二人にしかわからないみたいなやり取り。

澤村千尋は袖をひっぱったまま引きつった顔で私を見ているし、やっぱり変だ。このマ本丸《ほんまる》広場に来たのは何回目だろう。ここから見た岩木山《いわきさん》は私が育った北津軽《きたつがる》の中里《なかさと》から見るのとは別物だった。中里から見た時は一人気を吐く孤高の存在って気がしたけど、弘前《ひろさき》から見る岩木山は、「よし、全部俺にまかせろ」みたいにどっしり堂々としていた。どっちが好きかっていうと迷うけど、頭をとんがらせて、「フン、何さ」と言っている中里からの眺めが私の岩木山って気がする。過疎《かそ》った北津軽じゃ弘前の相手にもならないだろうけど。

その岩木山は、今日は雪で隠れている。東屋《あずまや》のベンチに座って、見えない岩木山の方向に目を向けた時、「あのなー」と岩木が口を開いた。

「何？」

「今から俺は変なことを言う。たぶん」

面倒くさい匂いがプンプンしてきた。

「信じてくれとは言わないけど、ちゃんと話を聞いてほしい」

意味不明の岩木の言葉に続いて、澤村千尋が言った。

「そ、それからこの話は、他の人には絶対言わないでほしいんだ」

嫌な予感がした。初対面の男子生徒からいきなり秘密厳守の話をされても困る。気にならないわけじゃないけど、聞かないほうがいい気がして、立ち上がり言った。

「ややこしいことなら聞かないでおく。約束できないし、何か頼まれても無理だから」

そのまま立ち去ろうと背を向ける。

「おい、ちょっと待てよ」

岩木の声を背中に受けながら東屋を降りようとしたら、澤村千尋が悲鳴のような声を出した。

「そっち行っちゃダメ！」

「えっ？」

あまりの剣幕に足を止めて彼らを振り返る。

「そこにいるのか？」と岩木が言う。

「行かせないように止めようとしてる！」と澤村千尋が言う。

なんなのこの二人？　これ以上関わりたくなくて、構わず東屋の階段に足をかけた。

「重なる‼」と、澤村千尋の叫び声が聞こえた。

「え……⁉」

その途端、ゾクリと体中を寒気が走った気がして思わず岩木達を見る。

「あの、桐岡さんのこと、すごく気に入ったみたい」

澤村千尋が怯えたように、そう言った。

意味がわからない。「何よこれ！」岩木を睨んだら、「あのなー」と、逆に強気の声が返ってきた。

「力を貸してほしい。おまえが一番いいと思って声をかけたんだ」珍しくマジな顔。

その真剣な顔を見て、一瞬躊躇《ためら》う。聞かないほうがいいとは思うけど、何が起きているのか気にならないと言ったら嘘《うそ》だ。私は一旦ベンチに座り直して、訊《き》いた。

「ちゃんと説明してよ。この状況がどういうことか」

岩木はまた前髪に手をかけて、少し弱気になって言った。

「そ、その……あのな、記憶喪失の、もうここに来てるんだ」

え？　思わず周りを見た。でも、今さら見回さなくてもわかってる。ここには私達しかいない。

「あの……」

澤村千尋がおずおずと言った。

「そ、その、記憶喪失っていうのは高校生くらいの、女の子の、……幽霊なんだ」

一瞬息が止まる。

それから澤村千尋と岩木は代わる代わるここに至《いた》った顚末《てんまつ》を語り始めた。

澤村千尋には幽霊が見えるとか、出会った幽霊少女に身元捜しを頼まれたとか、数年ぶりに話した岩木の口から出た言葉は突拍子もなさすぎて、少し戸惑う。

「それで、ここにその幽霊少女がいるわけ？」

そう訊くと、澤村千尋が指を差して言った。

「そ、その、桐岡さんの右横に座ってニコニコしてる」

思わず右を見る。雪景色が見通せるこの空間に幽霊がいるというなら、神様だってマイケル・ジャクソンだっているって言えるだろう。

「じゃあ、その子はどんな格好してるの？」

「コートに赤いマフラー」

「コートはどんな？」

「ええと、紺《こん》のダッフル」

靴下は？　靴は？　続けて尋ねたら、澤村千尋は私の横——幽霊少女が座っているらしい場所をじっと見つめ、次々と答えた。

「茶系のブーツ、飾りの紐《ひも》が横についていて、靴下はブーツから少しだけ、白いハイソックスが見えてる」

「髪型はどんな？　顔は可愛いの？」

「髪型は肩より少し長くて、顔は……」

澤村千尋はチラッと私の横を見て、顔を赤くして俯《うつむ》いた。

「あきプリのセンター並み……」

「マジか？」岩木が食いついた。あきプリというのは芸能界に関心がない私ですら知っている国民的アイドルだ。確か正式名はあきばプリンセス？　……考えていると、澤村千尋が私の横――幽霊少女がいると言われている場所を見て、「えっ？」と声を上げた。

「どうかしたのか？」

「あの……幽霊少女が『あきプリのセンターって何？』って訊いてるけど……」

何？　この妙なリアルさ。

岩木が何もない空間に向かって、あきプリの成り立ちとセンターに選ばれることの名誉を説明している間、その摩訶不思議《まかふしぎ》な光景を見ながら、この状況をどう判断すればいいのか考えていた。

十七時六分の電車に乗るために、返事は保留にして城址公園をあとにする。

後ろからザクザク大きな足音がして岩木が追ってきたのがわかった。

「わりい、こんなこと俺もどうしていいかわかんなくてさー、委員長ならって」

「その呼び方やめて」

つい言葉がきつくなる。岩木はしまったという顔をして髪をかき上げた。

「言っておくけど、ばあちゃんと私とは全然関係ないから」

「それだけじゃねーよ。桐岡なら何かいい方法見つけてくれるかなって思って。ほら、さっきだって幽霊少女の服とか俺達が全然気にしなかったこと訊いてただろ。俺達二日間幽霊少女に質問し続けて、わかったのって、岩木山を知ってるってことだけだぜ」

男二人で何やってんだろうと思いながら、とりあえず私は言った。

「ばあちゃんのこと学校でバラしたら殺すから」


一時間後、五所川原《ごしょがわら》に向かいながら、曇《くも》ったガラス窓をぼんやり見ていた。城址公園での一見可愛いのに残念な澤村千尋と、岩木の謎の行動は、私の想像の範疇《はんちゅう》を超えていて判断がつかなかった。岩木が関わっていること自体どうして？　と思う。でも、この無茶苦茶なシチュエーションは逆に興味深い。あれが嘘ならマトリョーシカ《マトリョーシカ》は演技の天才。嘘をついてないなら全て脳が作り上げた妄想《もうそう》。そしてもしそのどちらでもないとしたら……。

五能《ごのう》線に揺られながら、一瞬ゾクッとする。記憶喪失のあきプリセンター並みの幽霊少女なんて怖がるのもバカバカしいのに。

幽霊騒ぎのほとんどは自分が作り上げた恐怖だと思う。でも時に、どうしても解明できないことがある。

また思い出した。バカみたいに泣き続けていた大きな体の男の子。

《岩木山》と《走れメロス号》のせいだ。いつまで経《た》っても彼を覚えているのは。

岩木治。津軽にいる限り、その名前は忘れようがない。

岩本治

　委員長を見送って戻ったら、幽霊少女と二人きりにされた澤村《さわむら》が、東屋《あずまや》のベンチの上で膝《ひざ》を抱えて固まっていた。

「急にいなくならないでよ、怖いから」

「いい加減慣れろって。で、まだいるのか？」

　澤村が首を振って言う。

「いつも日が暮れる頃にいなくなるんだ」

「なんだよそれ。幽霊ってふつう逆じゃね？」

「だよね」と澤村は言って、不安そうに顔を上げた。

「桐岡《きりおか》さん、きっと協力してくれないよね。呆《あき》れてたし、みんなにバラされたらどうしよう」

「そんなことしねーって。それに、意外と引き受けてくれるかもしれないぞ。あいつは頼まれると嫌って言えないヤツなんだ」

「全然そうは見えない」

「……だな」

委員長の不機嫌な顔を思い出して、俺はそう答えた。

俺が知っていた小学校五年生までの委員長は、勉強がめっちゃできて、無愛想だけど正義感に溢《あふ》れていて、悪ガキだった俺にとっては天敵だったけど、なんだかんだ頼れる存在だった。何があろうと本質はそう変わるもんじゃない。

南高《みなみこう》の入学式、新入生代表の紹介で久しぶりに委員長の名前を聞いた時は、トップ合格かよ！　と、現れるのを楽しみに待ったが、講堂がざわつく中、違う名前が呼び直され、結局壇上に立ったのは別の男子生徒だった。しばらくして、委員長が事前に新入生挨拶を辞退していたことを誰かがリークし、隠れ学年トップとして有名になった。目立ちたくなかったのかもしれないが、手違いで名前を呼ばれたせいで逆に有名になってしまったわけだ。

数日後、ようやく捕まえて話しかけたが、委員長はめっちゃバリアー張ってたから、LINE《ライン》だけ繋《つな》いで、それきり。でも、幽霊少女が「協力者は女の子がいい」と言った（らしい）時、真っ先に浮かんだのはその不機嫌な顔だった。

帰りの弘南《こうなん》線の中、委員長はどうするだろうとずっと考えていた。

断られたらちょっとへこむなと思いながら黒石《くろいし》駅の小さな改札を抜けた時、ＬＩＮＥの着信音が鳴った。また買い物か……、と確認すると委員長からだった。

［とりあえず十日間］

お試し期間かよ！

だがホッとした。［無理］とかＬＩＮＥが来たらマジ、立ち直れねー。

［ウイッス！］そうＬＩＮＥを返したら、すぐに着信音が鳴った。

委員長とＬＩＮＥのやり取りをするってムズムズする。なんか俺の顔、にやついてるし。

ところがスマホの画面には、［キャベツ三個買ってきて］という文字が浮かんでいた。

おい、おふくろ！

仕方なく駅前でキャベツを買い、袋を手にこみせ通りを抜けていった。ダセェ俺。

家に戻って騒ぐガキどもを遠ざけて、［放課後校門前で待つ］と委員長にＬＩＮＥしたら、すぐに［バカなの？　わざわざ目立ちたいわけ？］という辛辣《しんらつ》なＬＩＮＥが戻ってきた。

言われてみればそうだ。身長トップの俺と、地元の名士の血筋（なのに残念な生徒）として有名な澤村と、隠れ学年トップの委員長——同じトップでもえらい違いだが、このありえねー組み合わせの三人が毎日校門の前で待ち合わせしたら、ぜってー「何あれ？」と思われる。幽霊少女の身元捜《さが》しをしているなんてことが人に知られたら、面倒なことになりそうだった。

「本丸《ほんまる》広場の東屋で待つ」とＬＩＮＥを送りなおした。

返事、返ってこねーし。


翌日の放課後、わざとらしくゆっくり帰り支度をしている澤村を横目で見ながら教室を出ようとしたら、「治《おさむ》ちゃ〜ん、今日もデートかなぁ？」と健太《けんた》がでかい声で言った。

俺が部活を休むと知った健太は、理由を訊《き》こうとして俺のあとを追い、城址《じょうし》公園の本丸広場で俺が澤村と一緒にいるのを目撃したらしい。

「なんで部活休んで澤村とデートしてんの？」と、冗談っぽく訊かれた俺は、幽霊少女の身元捜しをしているとも言えず、「ほっとけ！」と突き放した。以来健太は何かにつけて突っかかってくる。

「うっせえ！」と、健太のケツに軽く蹴りを入れて、俺は城址公園に向かう。

風と雪で視界がかなり悪い。白い世界で東屋に紺《こん》色のコートを見つけてドキッとした。俺にも幽霊少女が見えるようになったのかと思ったが、んなわけねー。紺色のPコートを着た委員長が先に来ていただけだった。

でも、それも不思議だ。委員長と待ち合わせなんて、めっちゃありえねーことが現実に起きている。

「うぃっす！」手を上げると、委員長は本を見たまま、「小さいのは？」と訊いた。

「もうすぐ来るんじゃね？　一番に来たくないんだあいつ」

「なんで？」委員長が俺を見上げる。

「怖いから」

訊かなきゃよかったって顔をして、委員長はもう一度本に目を戻し、言った。

「それで、あんたは信じてるの？　幽霊少女がいるって」

いきなりそれ訊くか？

俺はもやもやしている気持ちをそのまま伝えた。

「わかんねー。ていうか、正直信じられねー。でも、まるっきり否定できるわけでもないし、なんかひっかかるんだ。だからこれが何であるのか確かめたい。信じる信じないは別にして、とりあえず成り行きを見よー、てことで……」

「ふーん」

「で、桐岡はどうなんだよ」

「不可解な出来事を解明したいだけ」

俺が言いたかったことを一言で言われた。なんかバツが悪くて前髪に手をやると、雪の中からこっちを目指してやってくる澤村が見えてきた。

めっちゃビビった顔をしていたが、俺達を見つけてホッとしたみたいに足を速める。

「あ、あの……。北門との分かれ道のところで待ち伏せされて……」

「待ち伏せって、幽霊少女にか？　もしかしてもうそこにいんのか？」

澤村が頷《うなず》き、俺は噴きそうになった。遅れて来ても意味ねーんだ。

「ご、ごめん」澤村が右側を向いて、焦って言った。「何？」と委員長が訊く。

「幽霊少女からクレーム……待ち伏せって言い方がひどいって……」

消え入りそうな声で澤村が言った。

俺は委員長と顔を見合わせる。クレームを出す幽霊なんて、マジか？

「ところで、その言い方やめない？」委員長が言った。「言い方ってなんだ？」と俺が訊く。

「幽霊少女。人に聞かれたら不味《まず》いでしょ」

「ぼ、僕もそうしてほしい！　幽霊が見えること知られたくないし、違う呼び方にしたほうが怖くなくなるかもしれないし……」

「そういうもんか？」

「幽霊少女の反応はどうなの？」

「すごくはしゃいでて、『みんなで呼び方決めて』って言ってるけど……」

澤村が目をキョトキョト泳がせながら答えた。

「決めてって言われてもなー。とりあえず、幽霊のユウちゃんにしとくか」

「真面目に考えなさいよ」即、委員長に却下される。

「じゃ、おまえは？」そう訊いたら、委員長は一瞬間をおいて、「レイちゃん」と言った。

「おい、それって幽霊のレイちゃんだろーが」

「しょうがないでしょ。幽霊以外情報がないんだから」

このままじゃ埒《らち》が明かない。俺は澤村に向かって言った。

「やっぱ澤村が決めろ。おまえが一番幽霊少女のこと知ってんだから」

「えっ……!?」と澤村が身をすくめる。

「幽霊少女にも本当の名前があるわけだし、リアルな名前じゃないほうがいいんじゃない」

「……だな」

俺達はなんとなく空を見上げた。

いつの間にか雪がやみ、雲を通してうっすら日差しが届いている。それほど珍しいことでもないが、直視しても眩《まぶ》しくない太陽を、俺はつい見てしまう。

「ソラって、どうかな？」澤村が空を見上げたまま、小さな声で言った。

委員長は少し考えて、「いいんじゃない、短いし」と賛成した。

「幽霊少女は？」

「めっちゃ喜んでる。幽霊少女って呼ばれるの嫌だったみたい……」

「じゃあソラで決まりだな」

幽霊少女はソラと命名された。

すると、澤村が右側を見て、「え……」と、首を傾《かし》げた。

「どうした？」

「あ、あの、幽霊……ううん、ソラがみんなの呼び名も決めようって」

「なんでよ？」

「あれじゃね？　特殊任務に当たる時のコードネーム的な」

「ネットゲームする時も、キャラ名作るしね」

俺と澤村がそう話すと委員長は不機嫌な顔で言った。

「コードネームとかキャラ名とか、意味わかんないんだけど」

「人に知られたくないことをやる場合、本名は使わないだろ？」

「あの、ソラが、『私がみんなの呼び名決めたい』って言ってるけど……どうしよう？」

俺達は顔を見合わせた。

「俺は構わないが、桐岡は？」

委員長は不機嫌な顔のまま、「まあ、いいけど」と言った。

俺達は自分の名前をソラに告げ、呼び名を決めてもらった。

委員長は桐岡美鈴《みすず》の鈴を取ってリンリンと決められそうになったところを、「繰り返しはNG」と抵抗し、リンになった。

俺は岩木《いわき》治という名前を聞いたソラに、『岩木山《いわきさん》と太宰《だざい》治だ！　すごい津軽《つがる》っぽい！』と笑われながら、名前とまったく関係のないリーダーに決められた。なんだか自動的に、このマル秘プロジェクトのリーダーにされたようだ。

澤村は『君はチー君だよ』といきなり決めつけられた。「いいんじゃない小さいし」と言うリンに、澤村は「小さいからじゃなくて千尋《ちひろ》だからだよ」と必死で言い返していたが、理由はともあれ、そのままチーに決定した。

「じゃ、呼び方が決まったところで、ソラの記憶確認をしたいんだけど」

「記憶確認って？」俺が訊くと、リンは「太宰と津軽」と、意味ありげに言った。

俺とチーは思わず顔を見合わせた。そうだ、岩木山しか知らないはずだったソラはさっき確かに自分からその二つの名を言ったんだ。

チーが右側に目をやり、ソラと何か話したようだ。

「ソラ、なんて言ってるの？」

「岩木治って聞いて、自然と出てきたんだって」

ソラが初めて岩木山以外のことを言った。こともあろうに俺の名前を聞いて。

「なら青森《あおもり》は？　他にも東京《とうきょう》、大阪《おおさか》、名古屋《なごや》、福岡《ふくおか》、佐世保《させぼ》とか……」

リンが次々と有名な地名を挙げた。チーはソラの反応を見ながら、「あ、それ知ってるって、それも、それも……」次々と答えていった。

「すごいよ、ソラ全部知ってたね。訊かれたらわかったみたい」

「一般的な知識はもともとあるみたいね。自分の記憶だけすっかり欠落しているとしたら、昨日調べた記憶障害の情報が当てはまる。人間と同じと考えればだけど、記憶を取り戻す可能性はあると思う」

「すげえ、そんなこと調べたんだ」

「無駄に時間を使いたくなかっただけ」そっけなくリンが言う。

「あの、記憶喪失《そうしつ》の原因って、どんなの？」チーがおずおずと訊いた。

「基本的には心的外傷による重度のストレス、事故による外傷、脳の病気による高次脳機能障害、うつ病などの内因的なもの、急激なストレスによってダイレクトに記憶が損傷する場合もあるみたい。それに認知症も記憶障害の原因の一つといえると思うし、精神的なことが原因な場合は、耐えられない事実に対して自己防衛するみたいに自分で封印してしまうこともあるそうよ」

珍しく長いリンの言葉を、ただボーっと聞く俺とチー。

「ソラ、何か思い当たることない？」リンが訊くと、チーがボソッと言った。

「ソラ、消えちゃった」

雪明かりで昼と夜の境がわかりにくいが、気づけばもう日が暮れていた。

「日が暮れると消える幽霊なんて、聞いたことないんだけど」

作戦会議のために飛び込んだ喫茶店で、注文したココアのカップで手を温めながらリンが呟《つぶや》いた。

「俺達よりずっと健全じゃね？　ていうか、腹減った」

言いながらメニューを見ていたら、魔法みたいに目の前にシフォンケーキが降りてきた。

「南高だろ？　後輩だからサービスな」店長が言った。

「マジっすか！　やった！」

手作りっぽいシフォンケーキ、うめー。

「昔の南高、陸上部、強かったんすよね。今じゃ弱小だけど」

「おっ、もしかして陸上部か？」

「うぃっす！　もしかして先輩も？」

店長は、壁に飾ってある表彰状を囲んでピースサインをしている生徒達の写真を示し、

「オレがいた時に総体優勝したんだ」と言った。

「マジっすか！」「オレその頃、短距離の選手だったんだ」「すげぇ、俺は長距離っす！」

「今も廊下走ってんのか？」「伝統っすから」

どこまでも盛り上がりそうな会話は、店長が客に呼ばれたところで中断した。

カウンターに戻る店長を見ながら、改めて店内を見た。年季の入った家具類とか、店長の私物らしき物などが置かれている。雪花《ゆきばな》という名のこの店は、チェーン店とは違う親しみがあって、妙に居心地がいい。

俺達はその雪花の奥のボックス席に座って、これからの方針を話し合った。リーダーと

名づけられた俺はちっともリーダーらしくなく、リンが終始リーダーシップを発揮し、俺とチーはそれに乗っかるだけだった。

「やることを二つに絞《しぼ》ったほうがいいと思う。一つはともかく色々な情報をソラに与えて記憶を引き出すこと。一つはソラに該当しそうな行方不明者がいないか捜すこと」

「捜すたって、顔、わからねーし」

言ったら、リンがスクールバッグから紙と鉛筆を取り出し、チーの前に置いた。

「描いて」

チーの目がキョトンと丸くなる。

「描くって何を?」

「決まってるでしょ、似顔絵」

ぶっ……相変わらずの無茶ぶり。「む、無理」と怯《おび》えるチーに、「いいから描きなさい!」とリンがペンを握らせた。そして──無理やり描かされたチーの絵は、リアルな顔を連想するのは不可能なほどのアニメ絵だった。

「かろうじて服装はわかった」死んだような目になってリンが言った。

「じゃ、僕が言うから、二人がそのとおり描いてよ」

マジかよ……。

とりあえず、俺とリンは鉛筆を持ったけど、普段絵を描かない人間に似顔絵なんて描けるわけもなく、「もっと無理」とリンが鉛筆を放したのを機に、断念した。

「美術部に頼めばよくね？」

「これが誰かって詮索されたらまずいでしょ」

結局行方不明者捜しは、俺とリンで該当者を絞り込んで、最終確認をチーに任すことに決めた。

店の前でチーと別れ、俺とリンは弘前《ひろさき》駅に向かった。リン……ていうか俺の中では委員長なんだけど、成り行きとはいえ一緒に帰るのは、なんか恥《は》ずい。

「今も中里《なかさと》のばあちゃんのとこか？」そう訊いたら、委員長は横目でジロッと俺を見た。

「まさか、最終電車二十時十分よ」

ああ……。津鉄《つてつ》の小さな車両が目に浮かんだ。中里は本数の少ない津鉄がほぼ唯一《ゆいいつ》の交通機関で、ガキの頃は雪に被《おお》われたあの小さな町が世界のすべてだと思ってたっけ。

「で、今は？」

「五所川原《ごしょがわら》の母親のところ。住ませてもらってるだけ……ていうか、どうでもいいでしょ」

やばっ……これ以上地雷踏まないうちに、話を変える。

「おれんち、黒石《くろいし》に移ってから、男の双子が生まれた」

スマホで交通情報をチェックしながら歩いていた委員長がコホッとむせた。

「合わせて弟四人。うちん中、いつも戦場」とぼやくと、「いいじゃない賑やかで」とスマホをいじる横顔が少し笑った。人の苦労も知らねーで。

「中里のばあちゃんの家だって賑やかなんじゃねーの？　人がたくさん来て」

言ったとたん、会話がぷつっと途切れた。またやっちまったか？

考えてみたら委員長とじっくり話したことってなかった。昔話がＮＧだとしたら、何話せばいいんだ。委員長は独り言みてーに、「強風で電車遅れって、勘弁してよ！」スマホに文句をぶつけたあげく、「前の電車間に合いそうだから先行く」と、走り去っていった。


翌日から俺達は、リンが言っていた二つのミッションを遂行するために、まずは放課後城址公園に集合してソラと話をし、ソラが消えたあとは、雪花を基地にして、チーが持ってきたタブレットＰＣで、行方不明者の情報を探すことにした。

ソラの会話は記憶のせいか、もともとの性格なのかわからないが、突拍子もない。

俺が治と名づけられたのは、親父が名前を考えながらボーっと歩いていた時、太宰治の写真が載せられた斜陽館《しゃようかん》のポスターにぶつかったからだと話したら、

『じゃ、ぶつかったのが電柱だったら柱《はしら》君だったんだね』

と、めっちゃ真剣な顔で言ったらしい。

「柱ってどんな名前だよ、それマジで言ってんのか？」

「言葉の捕らえ方が未熟なんだと思う。たぶん記憶障害のせいで。ソラはただ言われたことをそのまま受け止めている気がする」リンはそう言う。

俺にはその辺のところはわからないけど、チーから伝えられるソラの言葉は、突拍子がないことを除《のぞ》いては普通の女の子の会話で、時々俺は、男二人女二人で、放課後くだらねー会話を楽しんでいるような錯覚《さっかく》を起こした。

問題はそのあとのネットによる身元不明者の捜索だ。それはマジできつい作業だった。チーは蒼白《そうはく》な顔をして、行方不明者の写真などを見ていたけど、週明けあたりから、後ろの席から見るチーの様子がおかしくなっていくのを俺は気にかけていた。

澤村千尋

朝、恐る恐る鏡を覗いたら、後ろにアイツラが映らなかった代わりに、アイツラみたいに青白い自分の顔が映っていた。昨日もほとんど眠れなかった。

「あんた、またゲームしてたんでしょ」

味噌汁《みそしる》をテーブルに置きながら母さんが言った。

「バレちゃった」

ボソッと誤魔化《ごまか》しタマゴかけご飯をかきこむ。白米の匂いにむせて、ウッとなるのを堪えながら一気に飲み込むと、苦しくて涙が出そうになった。

「千尋《ちひろ》、これ出る時に本家に持ってって」

差し出された菓子折りは、父さんが誰かから預かった本家への貢物のようだ。

「また預かったの?」

「断れない相手だったんだって」

うんざりしたように母さんが言った。澤村《さわむら》家の末っ子だった父さんは、独立せず家督を継いだ長男──義孝《よしたか》さんのお父さんの下で働いている。それで本家へのパイプ役みたいに思われているのが母さんはおもしろくないみたいだ。

体中の色々な場所がおかしかった。行きたくはなかったけど、母さんに逆らう気力もなくて、菓子折りを受け取って本家に向かったら、玄関を上がったところでばったり魔王に会った。

「ここで何してる」刺々しい声が、僕に先制攻撃を食らわせる。

慌てて母さんから預かった通行アイテムの菓子折りを差し出した。

「これ、届けに来ました」

義孝さんはチッと舌打ちしてそれを取り上げ、「用がすんだらさっさと行け」そう一撃を食らわして、奥へと入っていった。

ただでさえ弱っていた僕は、強いダメージを食らって息も絶え絶えになった。義孝さんの背中を睨みつけながら必殺技を探したけど、魔王に対抗できる技なんてあるわけがない。

瀕死《ひんし》の状態で家を出ると、数メートル歩いたところで、黒いスラックスの茶色い靴が並んで歩いているのに気づいた。さっきまで通りには誰もいなかったのに。

ポケットからスマホを取り出し、画面を凝視して、走りだしたい衝動を必死で抑《おさ》えた。

見えているって、アイツラに気づかれるから。

大通りに出る少し前だった。僕の目の前に、裸足《はだし》の足が現れたのは。

この冬の最中、雪の中を素足で歩くなんて、人間のわけない！

避けたら気づかれる。かといって、幽霊を通り抜けていく勇気もなかった。曲がり角に向かう振りをして斜《なな》めに歩こうとした時、雪で濡《ぬ》れた手袋からスマホが滑り落ちた。

あ……っ。反射的に手を伸ばしたら、真っ青な顔をした裸足の女の人が、体を斜めにしながら僕の顔を覗き込んだ。

こらえていたものが一気に吹き飛び、僕は、ヒィと声にならない叫びをあげ、走り出した。通りを渡り、城址《じょうし》公園に飛び込んで、アイツラがついてこないのを確認し、ようやく足りなくなった酸素を吸い込んだ。

もう限界だ……。

僕の周りにアイツラが集まり始めたのは、ソラの身元捜しを始めた頃からだった。

行方不明者の情報はネットで山ほど見つかった。顔写真や服装、所持品まで見ることができたし、家族のメッセージも載っていた。何も心配ないから早く帰ってきて、待っているから——。

やりきれない気持ちになった。生きているか死んでいるかもわからない身内を待つって、どんなだろう。ソラにもそんな家族がいるのかと考えると、切なくて、なんだか痛い。

けれど、それよりもっときついのが、遺体で見つかった身元不明者の資料だった。遺体が見つかった状況、所持品や服の写真を見た瞬間に、体がゾクッとした。遺体を元に描かれた似顔絵を見た日は、朝までうなされて眠れなかった。

リーダーとリンには黙っていた。ソラのことで協力してもらっているのに、そんなことまで話せないもの。でもそうやって我慢してたら、学校でも、通学路でも、澤村の敷地内でもアイツラが現れるようになり、毎晩のように金縛りにあった。

こんなんじゃ、ソラの身元が判明する前に僕が壊れる。


教室に入ると、「チース！」とリーダーの声がした。その顔を見たらなんだかすごくホッとして、「お、おはよう！」って、自分でもビックリするような大きな声を出していた。

「澤村、今、おはようって言った⁉」

健太《けんた》君が、教室中に聞こえるような声で言った。今まで挨拶を返したつもりでも、口の中でもごもごするくらいだったから、よっぽど意外だったんだと思う。

「おまえ、そういうことわざわざ言うか？　ほっとけ！」

リーダーが健太君の頭を軽くはたいた。「いてーよ」って、健太君が返す。二人のいつものやり取りに見えたけど、僕は気づいたんだ、健太君の目が笑ってないことに。

僕とすれ違った時、健太君は「おまえ、きしょいし」と、僕だけに聞こえるように、耳元で呟いた。

僕は聞こえなかった振りをして席に座った。きもい、きしょい、気持ち悪い、きしょい、きしょい、きしょい、きしょい、きしょい——健太君の言葉は毒みたいに体の中を侵《おか》し続けて、止まらなくなった。

ソラと出会って、この世のものじゃないモノが見える力がなんなのか考えようとしていたけど、僕ははっきり思い出してしまったんだ。それは力なんかじゃなく、すごく変で、気持ち悪いことで、そのきもくて、きしょい人間が僕なんだってことを。

アイツラの気配が強くなってくる。授業が始まっているのに、教壇の前を土気色の顔をした男がふらふら歩いていた。僕は目を瞑《つむ》り、手で顔を覆った。

「澤村君、何してるの？　澤村君？」

先生の声がした。「澤村君！」もう一度声がして、仕方なく目を開けたら、土気色の顔をした男の、潰れかけた赤い目が、目の前にあった。

そこから意識が飛んだ。「うわぁぁぁぁ」って、叫んでいるのはたぶん僕の声だ。自分の意思とは無関係に体が動き、僕はそこから逃げようとして周りの椅子や机を倒していた。

体が痛い。大きな音がして、額から血を流して倒れる。映画のシーンみたいに自分が見えるのはどうしてだろう……。僕の中に一部だけ残された理性がそう考えた。ううん、その一部さえ冷静ではなかったんだ。額から血を流して倒れているのはどう見ても僕じゃなくて、後ろの席に座っていた斉藤《さいとう》さんだった。

僕は強い腕に羽交い絞めにされたまま、もがいていた。「落ち着け！」耳元で声がして、摑《つか》んでいる腕がリーダーのものだと知った時、ようやく我に返った。

教室中の生徒が立ち上がって僕を見ていた。僕はただ、「ごめんなさい……ごめんなさい」と言いながら、こみ上げる嗚咽《おえつ》をどうすることもできなかった。

保健室のベッドで何回かチャイムの音を聞いた気がした。時間の感覚はまるでなかった。悪夢だか妄想《もうそう》だかわからない、怖い場面が頭の中でぐるぐるしていた。

どれくらい時間が経《た》ったんだろう。ノックの音がして、担任の先生が入ってきた。

「お家《うち》の方が迎えにいらしたわよ」

先生の後ろに隠れていた光沢のあるグレーのスーツに見覚えがあった。最悪すぎてもう自分を呪《のろ》うしかない。義孝さんだ。

「斉藤さんの傷は思ったより軽症だったたし、痕《あと》も残らないそうよ。先方への謝罪も校長先生との話も、全部澤村さんがしてくださったから」

　ここで高校時代を過ごし、生徒会長を務めた義孝さんを示す「澤村」という呼び名は、僕を呼ぶ時とは別のものみたいに、輝いて聞こえた。この件を一番上手《うま》く処理できるのが義孝さんだったたんだろう。

「ご迷惑をおかけしました」

　先生達に頭を下げながら、義孝さんが横目で僕を睨んだ。

　これから先の魔王の攻撃に怯《おび》えながら、僕はその後ろをついて保健室を出た。


　少し前に鳴ったチャイムはお昼休みの知らせだったようで、パンを買いに行く生徒や、お弁当箱を抱えた生徒が、ぞろぞろ廊下を歩いていた。

「どうやったら授業中に机に体当たりして、同級生を怪我《けが》させられるんだ」

　え……？　と思わず顔を上げた。どうやら先生は、今日のことをオブラートにくるんで説明したらしかった。考えてみたら、僕は幽霊を見たなんて一言も言ってないし、状況だけ聞いた義孝さんは、ただ誤って同級生を巻き込んだと思っているみたいだった。

「あの、ええと……」

僕は上手い言い訳を探した。義孝さんにジロッと見られて、反射的に言う。

「昨日の夜、ずっとゲームしてて、うとうとして、モンスターに追いかけられる夢見て、逃げ出したら、そう、なってた」

「バカか！」と義孝さんは呆《あき》れたように僕を睨むと、生徒達を追い越しながらどんどん進んでいった。まるで一刻も早くここを出たいみたいに。

そのあとを追って生徒達の間をすり抜けた時、リーダーがこっちに向かってくるのが見えた。

「おい、大丈夫か？」

後ろにリンもいた。来てくれたんだ。嬉《うれ》しさと恥《は》ずかしさで、僕は下を向いた。

義孝さんが、僕の足を止めた二人を迷惑そうに見た。

「千尋《ちひろ》君の友達で、岩木《いわき》と言います」

「同じく、桐岡《きりおか》です」

二人がそう言って義孝さんに会釈する。

友達、なのかな？　他に言いようもないんだろうけど、胸がキュッとした。友達なんていなかったし、はじめは仲良くしてもそのうちみんないなくなったから。

でも、義孝さんの反応は冷たかった。

「友達ね……」

と二人を見て、

「澤村家の名前目当てならやめたほうがいい。こいつには何の力もない。それにちょっと変わっていてね、関わってもろくなことはないだろう」

その言葉には僕への怒りが込められていて、リーダーとリンは顔をしかめた。

「行くぞ」と義孝さんに促され、僕は二人に頭を下げて、あとを追った。

「ちょっと、待ちなさいよ！」

リンの思いがけないほど大きな声が聞こえて、義孝さんの足が止まった。ゆっくり振り向いた義孝さんの顔は、怒っているというより、戸惑っているみたいだった。

「澤村家とかどうでもいいし、千尋と関わるかどうか、あんたに指図されることじゃないでしょ。私が自分で考えて決める！」

「お、俺だって……！」

少し遅れてリーダーが言った。

義孝さんの顔が一瞬歪んだ。口を開きかけたのを見て、どんなひどい言葉を返すのかとドキドキした。でも……、どうしてかわからないけど、義孝さんはキュッと唇を結ぶと、一言も言い返さずに、裏門に向かって歩き出した。

僕は二人を振り返り、ありがとう——のつもりで頭を下げた。あんな風に言い返してくれるなんて思っていなかった。だからものすごく嬉しかった。

義孝さんは通用口近くに置いてあった車に乗り込んで、怖い顔でジッとフロントガラスを見つめていた。きっと怒りが大きすぎて、動くこともできないんだ。

助手席に座った僕は、この時間が少しでも早く過ぎることを願っていたけど、重い沈黙に耐えられなくなって、声を出した。

「あ、あの……ごめんなさい」

義孝さんは僕がいることに初めて気づいたみたいに助手席を見て、無言で車を出した。

家までの距離がすごく長く感じた。いつ何を言われるかと思って。でも、結局義孝さんは家に着くまで、一言も喋《しゃべ》らなかった。ただ、僕が車から降りる時、ボソッと独り言みたいに呟いた。

「おまえはいいな。本家に生まれなくて」

確かそう言った気がしたんだけど、聞き間違いかな？　意味がわからないまま、仕事に戻っていく義孝さんの車を見送った。今日の魔王は少し変だ。

「千尋！」

車の音に気づいたのか、母さんが門まで出てきた。

「いったい何があったの？　また何か見たんじゃないでしょうね？」

「ち、ちがうよ。前の日ゲームしてて、寝ぼけただけで……」

僕は魔王についた嘘《うそ》を、また繰り返した。

「よかった。何度スマホにかけても出ないから、どうしようかと思ったわよ」

「え？　……」

ポケットを探って「あっ」と思った。拾った記憶がない。裸足の幽霊に会って落としたままだ。

「ないの？」

「た、たぶん学校だと思う」

僕はまた嘘をついた。落とした場所はわかっているから、あとで探しにいくつもりで。

母さんは、「しょうがないわね」とぼやきながら、「ともかく、挨拶終わらせちゃいましょう」と言って、ミニバンのキーを示した。

それから母さんと一緒に菓子折りを持って斉藤さんの家に謝りに行った。

斉藤さんのお父さんが澤村関連の仕事をしているということもあって、謝罪はすんなり受け入れられた。斉藤さんは友達からのＬＩＮＥ《ラィン》を見て出て行ったらしい。

「もうすっかり元気なんで……」斉藤さんのお母さんが恐縮して言った。

「正解だったわね、義孝さんに頼んで」

帰りのミニバンの中で母さんが言った。

「やっぱり母さんが頼んだんだ」

「いけなかった？」

僕は首を横に振った。母さんは常に僕のために一番いい方法を取る。そして実際その通りだった。僕の精神的苦痛を除いては。

でも今日の義孝さんは本当にどうしたんだろう。もっとボロクソに言われると思ったのに……。

母さんにそれを話すと、「結婚決まるからじゃない？　従弟《いとこ》に怖がられてたらまずいでしょ」と言った。

「するんだ、政略結婚」

「イケメンなのに残念よね」

何が残念なのかわからないけど、ニューキャラが魔王を懐柔《かいじゅう》してくれれば、僕の住む世界も平和になるかもしれない。

家に戻った頃にはすっかり日が暮れていた。怖かったけどスマホを落とした場所に行ってみた。でもそこにはスマホも、何かが車で押しつぶされたような形跡もなかった。たぶん、誰かが拾ったんだと思う。ロックしてあるから大丈夫だろうけど、明日警察に行かなきゃ。

今日一日で色々なことがありすぎて、頭の中はぐちゃぐちゃだった。そのほとんどが消去してしまいたいことだったけど、追いかけてきてくれたリーダーの姿と、義孝さんに向かって、「千尋と関わるかどうか、私が自分で考えて決める！」と言い放ったリンの姿だけは、消したくない、と思った。

翌日、少し早めに学校に行って、授業が始まる前に生活指導の先生と話をした。反省文を書くだけでそれ以上の処分はなかった。当事者同士の話もすんでいたし、学校も大事《おおごと》にはしたくないみたいだった。

「迷惑かけたんだから、クラスメートにも謝っておきなさい」

そう言って生活指導の先生は僕を解放してくれた。これでもう大丈夫。拍子抜けするほど呆気なかった。昨日は「僕、終わったな」と感じるほど、大変なことをしたと思ったから。

教室に戻った時には一限目のチャイムはもう鳴っていて、ほとんどの生徒が席についていた。身を屈めながら後ろのドアから教室に入ると、みんなの視線が僕に向いた。何か言わなきゃと思ったけど、上手く喋れなくて、ともかく頭を下げると、教室がざわっ、となった。

なんだか変だ。リーダーが何か言いたそうに僕を見ていた。

先生が入ってきたので、ともかく席に向かった。おでこに絆創膏《ばんそうこう》を貼った後ろの席の斉藤さんに頭を下げて座ると、斉藤さんは後ろからこそっと話しかけてきた。

「澤村君もしかして、あの時おばけ見たの？」

僕の世界が止まった。

ざわざわとアイツラの気配が近づいてくる。前を見るのが怖くて、でも俯《うつむ》いているわけにもいかなくて、教科書を見るふりをしながら考えた。リーダーは何を言いたかったのか、どうして斉藤さんがそんなことを言ったのか、僕がいない間に何があったのか。

考えていたら頭がグルグルして息が苦しくなった。自分の息遣いが耳に響いてくる。はぁはぁ……って、だんだん、それが僕のものなのかもわからなくなって、意識が遠のいていった。

「先生、澤村君が……！」

斉藤さんの声がした。

先生がすぐ目の前に来て、「ゆっくり息を吸って」と言った。ようやく息をした僕は、そのままリーダーと健太君に抱えられて保健室に連れていかれることになった。

「ごめん……なさい」

「謝るな。ともかく少し休んどけ」

リーダーに言われて、僕は抱えられながら少し目を瞑った。

「二日続けて保健室って、ありえなくね？」「黙ってろ、ちょうちんアンコウ」「アンコウよりカマキリの生殖活動のほうがグロくね？」「この状況でそれ話すか？」

ボーっとした僕の頭の上をいいテンポで意味のわからない会話が通り過ぎていった。

保健室のドアを開けた健太君が「保健の先生いねーし」と、声を上げた。

リーダーが僕をベッドに座らせると、「俺捜してくる」と言って出ていった。ここに残ってくれれば何があったか訊《き》けたのに。そんな気持ちを見透かしたみたいに健太君が言った。

「なんか、治《おさむ》ちゃんが残ったほうがよかったって顔してね？」

図星をさされて思わず下を向いたら、「あのさー」って、少し強めの健太君の声がした。

「あいつを巻き込むなよ」

「え？」

「知らねーの？　今クラスのＬＩＮＥ、昔の澤村家の幽霊騒ぎで盛り上がってること」

ようやくわかった、クラスメート達の視線の意味が。そうだ。こんな簡単にすむわけなかったんだ。なのにどうして思っちゃったんだろう。もう大丈夫なんて。

「昨日のことで『もしかしてまた幽霊見たんじゃない？』って誰かがＬＩＮＥしたのがきっかけで、あっと言う間に書き込み増えてさ。地元だから覚えてるヤツいるし、俺だって前に、おまえと同じ小学校出たヤツからその手の情報聞いてたし」

あの「きしょい……」って言葉はそういうことだったんだ。

「あいつ大変なんだ。弟がたくさんいて家のことやらなきゃならねーし、毎朝バイトしてるし。それでも陸上だけはやめねーって言ってたのに、部活休んでんのおまえのせいだろ。理由はわかんねーけど」

健太君はリーダーの親友で、本当にリーダーが好きなんだ。

「変なことであいつに嫌な思いさせたくねーし。あのさー、知ってる？　ハブられているヤツとつき合うと、ハブられるって」

リーダーを守ろうとするその言葉はグサグサと突き刺さり、ダメージ計算不能なほど僕を打ちのめしていった。でもどうしてだか、攻撃をしている健太君もダメージを食らっているように見えた。たぶん、普段はこういうこと言う人じゃないんだ。

　僕はたまらなくなって言った。

「やめて、お願いだからもう言わないで。わかってる。僕が悪いって、わかっているけど、でも……僕はやっぱり、友達作っちゃいけないの？」

　健太君が、え？　って、僕を見た時、外で足音がしてドアが開いた。リーダーが保健の先生と一緒に入ってくるのを見て、健太君は僕から顔を背《そむ》けた。

　結局僕は早退することになり、二人につき添われて教室に鞄《かばん》を取りにいった。

「送っていったほうがよくねーか？」

　リーダーが言った。その後ろで健太君が僕に視線を投げかけている。僕は何も言えなくなって、ただ首を振った。

「何度か電話したんだ。変な噂《うわさ》広がってっけど気にするなって言いたくて。でも電話も繋《つな》がんねーし、ＬＩＮＥも既読にならねーし」

「スマホ、落としたんだ」僕はようやくそれだけ言った。

城址公園を通らないようにして家に帰った。ソラに会いたくなかったから。でもそれは彼女が怖いからじゃなく、自分の情けない姿を見せたくなかったからだ。

母さんは出かけていた。早退のことをどう説明しようかと思っていた僕は、ホッとしてゲームに入った。でも、モンスター狩り放題の平日の空いたダンジョンも全然楽しくなく、リアル世界を引きずりながらこれからのことを考えていた。

ソラの身元捜しを続けたい。そう思うはしから痺《しび》れ薬の呪いみたいに健太君の必死な顔が目に浮かぶ。彼の攻撃による精神ダメージを回復するアイテムが思い浮かばない。なのに、続けたかった。ソラを失望させたくないからなのか、あの二人と友達でいたいからなのか、この変な能力と本気で向き合いたいからなのか、自分でもわからない。

――ピポッ……。レアアイテムをゲットした音がしたけど、ぜんぜん嬉しくなかった。僕が今ほしいのは、ソラの身元捜しを続けるためのリアルなアイテムなんだ。

「千尋、帰っているの?」

廊下から聞こえた母さんの声に僕は目を開けた。寝不足だったせいか、いつの間にか眠っていたらしい。もう十四時を過ぎていた。

「午後休講だったんだ」

僕はまた嘘をついた。その代わり、先生との話がすんだことを伝えて安心させた。

「今回は義孝さんに感謝しないとね」そう言いかけた母さんは、思い出したように言った。

「そうそう、忘れてた。その義孝さん、あんたが出かけたあとで来てね。帰り次第顔出すようにって」

「え？　なんだろう」

「さあね。今回の後始末か何かじゃない？」

ますます憂鬱《ゆううつ》になった。こんな気持ちの時にまた魔王と会わなきゃならないなんて。

伯母さんから義孝さんに連絡してもらって、ともかく義孝さんの事務所に向かった。

義孝さんは、今は家業の不動産会社や建築会社をまとめて監督しているけど、いずれはお爺《じい》様のあとに一代途絶えていた政治家の道に進むんだと思う。

タクシーに乗って駅の近くの事務所前まで行った。二階に上がると、入口に内線電話が置かれていて、取るといきなり「入れ」という義孝さんの声がした。

秘書の姿は見当たらない。嫌な予感がした。

奥の部屋に入ると、凍えるほど冷たい目で僕を見た魔王は、引き出しから何かを取り出し机の上に置いた。見慣れたゲームキャラが描かれたスマホケースがそこにあった。

「おまえが落としたのを近所の人が見ていて、本家に届けられた。見てみろ」

僕はそれを手に取った。黒いロック画面に数行のＬＩＮＥの文字が浮かんでいた。

［幽霊話が噂になってる。一応知らせておくが、気にするな］

血の気が引いていく。そういえばリーダーがＬＩＮＥしたって言ってた。僕を心配してくれたこの文章を、義孝さんは見たんだ。

「どういうことだ？」

「あの……」

足が震えて何も言えなかった。

澤村家の家督を継ぐものとして、お爺様から直接教育を受けてきた義孝さんは、何をするにも澤村家優先だった。小学校の時に僕が起こした事件が原因で、澤村家に変な噂が立ってからは、「今度幽霊とかバカなことを言ったら、病院に連れて行く」と僕に釘を刺し続けてきた。またあんな噂が広まったことを知ったら、もう僕を許しはしないだろう。

「何があった。噂ってどういうことだ！」

義孝さんが繰り返し訊いた。

「あ、あの……噂っていってもほんの少しだけで……」

いきなり紙の束が僕の顔に向かって投げつけられ、ぱらぱらと床に落ちた。紙で切ったのか頬《ほお》がチクッと痛む。

「見てみろ」と言われて手に取ると、それは南高生から拡散されたＬＩＮＥのプリントアウトだった。誰かがブログにアップしていたんだ。弘前《ひろさき》の名家、○村家の幽霊騒動復活⁉という題名のあとに書き込みが続く。
［また幽霊見たんじゃね？］
［またって？］
［知らねーの小学校の時の○村家の幽霊騒ぎ、地元民ならみんな知ってる］
［教えて］
［○村家本家に遊びにきた同級生が集団パニック］
［幽霊出たとかでガキが数人倒れて救急車呼ぶ騒ぎになった］
［マジ？　おもしれー］
［幼稚園の時にも何かあったらしい］
［○村本家＝幽霊屋敷］
［改築したらしいけど、中味はそのまま］
［座敷童《ざしきわらし》じゃねーの？］
［ホント、会いたい！］
［呪われるぞ］

面白《おもしろ》おかしく並んでいる文字が、必死で隠してきた過去の出来事を、ほんの数秒で拡散してしまう。伏せ字にはなっていても、地元に住んでいればすぐ誰のことだかわかる。悪意はないんだ。ただ面白い話題がほしいだけ。人って残酷だと思う。集団が作り出した悪意のない言葉があっという間に凶器に変わってしまうんだ。

「どうしてこういうことになる。昨日おまえは何をしたんだ！　また何か見たとか嘘をついたのか？　そうやってまた澤村の名に傷をつけるつもりか！」

僕はしびれ薬をかけられたみたいに固まったまま動けなかった。

「なんとか言え！」

迫られて、思わず声を出した。

「見たんだ！　本当に幽霊を見たんだ！　目から血を流した幽霊が僕の前に来て、怖くて、僕は叫び声を上げながら教室から出ようとして、周りのものも目に入らなくて、気づいたら机が倒れていて女の子が……」

義孝さんが化け物でも見るみたいに僕を見ていた。その目を見て我に返った。

僕は何を言ってしまったんだろう。ダメだ、こんなこと言ったらもう収拾がつかなくなる。また母さんを泣かせてしまうし、父さんにも迷惑をかける。病院に入れられるかもしれないし、別の場所に連れていかれるかもしれない。

「今なんて言った！　もう一度言ってみろ」

僕はボロボロ泣きながら、ごめんなさい、嘘です、何度も何度もそう言いつづけた。

義孝さんは深いため息をついて、困り果てた顔でようやく口を開いた。

「ネットのほうは何とかする。場合によってはお爺様と話をしてまた転校させる。それが嫌なら、二度と目立つことはするな」

そう言って、義孝さんは、帰れというように首をクイッと振った。


ボーっと雪の中で立っていたら目の前でバスが停まったので、何も考えずそれに乗った。

中学校は地元ではなく、家から離れた私立に行った。小学校での噂を消すため、一族とお爺様が話し合って決めたことだった。私立といっても地元の生徒が多く、僕はずっと空気みたいに一人きりだった。併設の高校に行きたくなくて、家から遠いからという理由で拒否したら、地元だけど義孝さんの行った南高《みなみこう》なら目が届くだろうと、一発合格を条件に許された。

相変わらず僕は一人きりだったけど、南高校はよかった。安全地帯の家にすぐ戻れたし、人間とアイツラの区別がつかない夕暮れの電車の中で怯えずにすんだ。

窓の外の景色に、パラパラと南高の制服が見えてきた。もう終業の時間を過ぎていた。

僕は自分には一つの選択肢しか残されていないことを確信し、決めた。元の生活に戻ることに。全部なかったことにして、空気みたいに、存在していないみたいに生きていこうって。

ただ、その前に——。

僕は身元捜しを続けられないことをソラに謝るため、北門のバス停から本丸広場《ほんまる》に向かった。生徒にもアイツラにも見つからないように、コートのフードをかぶって下を向いて歩いた。そうしている間にも、すれ違う生徒達の足にまざって、怪しいものが見えた。

——僕の見る世界は他の人の見る世界と違うんだ。だから普通に生きようなんて、考えちゃダメなんだ。

『チー君』

耳元で聞こえた声がすごく優しくて、北門と高校口との分かれ道で僕は泣きたくなるのをこらえた。もう怖くなかった。ソラより怖いものが世界には溢《あふ》れていたから。

「僕、言いたいことがあるんだ」という言葉を、心の中で何度も繰り返した。ちゃんと言わなきゃ！　口を開こうとすると、ソラが後ろから僕の顔を覗き込むようにして、『チー君、いい匂いがする』と言った。また言い出しかけた言葉を飲み込む。匂い？

バスの中で誰かの香水でも移されたのかな……。匂いを嗅《か》ごうとソラが顔を近づける。

僕は心臓の鼓動が速くなるのを感じた。そんなこと考えている場合じゃないのに！

「あの……」勇気を出して言いかけた僕の小さな声は、同時に聞こえたソラの声でかき消された。

『そうだ、早くいこ。リーダーもリンももう来てるから』

え、なんで……？

『早く、早く！』

飛ぶように進むソラを追いかける。僕が来ていないと意味ないのに、二人が来ているわけない。

そう思って本丸広場へ向かうと東屋《あずまや》に本当に二人が来ていた。立ったり座ったりしながら何か話している。

『行かないの？』

「ううん、行く」

僕は決意をこめてそう言った。そうだ、ちょうどよかったんだ。今ここで話をするんだ。でないと、また決心が鈍ってしまうから……。

健太君の顔を頭に浮かべた。

義孝さんの顔を思い浮かべた。

僕はもうどうしようもないし、これ以上二人を巻き込めない。だから言わなきゃ。今から僕は僕じゃなくて、嘘つきでサイテーで、冷血で——魔王、義孝さんになるんだ。

「あれ、チーじゃね？」

リーダーが真っ先に僕を見つけた。リンが、「あんた、何やってんのよ」とでも言いたげな不機嫌な顔を僕に向けた。

「なんでいるの？」僕は言った。

「な、なんでって、誰も行かないんじゃ、ソラが寂《さび》しいだろうと思って」

『リーダー優しい！』

横でソラが声を上げる。僕は必死でそれを聞かないようにして、「なんか、笑っちゃうよね」と言った。リンが顔をしかめるのが見えた。

「二人とも、こんな嘘、マジで信じるなんて、ホント、笑っちゃう」

「おまえ、何言ってんだ」

「ゲームだったんだ。どこまでだまされるか、退屈しのぎのゲーム。本当は、全部、嘘なんだ」

『チー君、どうしたの？』ソラが僕の顔を覗き込む。

僕は耐えられなくなりそうで、後ろを向いて一気にまくしたてた。

「い、意外と簡単でつまらなかったし、飽《あ》きたからもういいや」

『チー君！』ソラの叫びと一緒に、「ちょっと！」というリンの険しい声が聞こえた。

「おまえ、誰かに何か言われたのか？」

「別に……学年トップでも、コロッとだまされちゃうなんて、い、意外とバカかも！」

拳《こぶし》を握りしめ、必死で吐き出した。

『チー君！　やめて！』

悲鳴みたいなソラの声がして、同時に、ザクッと音がした。

リンが帰っていく足音だったらしい。リーダーの声が後ろから聞こえる。

「おい、リン！　待てよ」

「俺は信じないからな。あとでもう一度、話そう」

『そうだよ、ちゃんと話そう』ソラの言葉を遮り、僕は精一杯義孝さんの真似をした。

「しつこいな。マ、マジ、澤村家の恩恵にあずかろうとでも思ってんの？」

後ろを向いたままなのに、リーダーのムッとした顔が目に浮かんだ。

ザクッザクッ、と刻まれるリーダーの大きな足音がどんどん遠くなっていく。

ソラは僕の周りで『追いかけて謝って』『今の嘘だよね、私が見えてるよね』と必死に僕に声をかけている。僕はソラの声を無視し続けたけど、『チー君、どうして泣いてんの?』って言われたとたん、堪えきれなくなって、その場にしゃがみ込んだ。

「ごめん……僕もう、ソラの身元、捜してあげられないんだ……」そう告げながら、止めようと思ったけどどうしても止まらなくて、声を殺して泣いた。

ソラはもう何も言わず、ただ、しゃがみこんだ僕の横に、膝を抱えて座りこんだ。

雪で岩木山は影さえも見えない。僕はこの景色を一生忘れないと思う。サイテーな僕の記録として――。

僕を友達だって言ってくれた二人を、僕のせいで、僕がサイテーなせいで、自分から失ってしまったんだ。

いつしか日が暮れて、ソラの姿も消えた。

僕は本当に一人ぼっちになった。

岩木治

「待てよ！」

城址《じょうし》公園の深い雪の中を、怒りで雪を蹴散《けち》らしながら進んでいくリンを追う。

チーの言葉が本心だとは思えないし、このまま終わらせたくなかった。

今日、本丸《ほんまる》広場に行こうと言い出したのはリンだった。

「チーがいないのに意味あるのか？」

「報告くらいしないと、たたられても困るでしょ」

怒ったような顔でリンが言った。その顔が昔の委員長に重なる。小学校時代、休んでいる同級生のところに、「勉強遅れられても迷惑だから」とか理由をつけては、ノート持って通ってたっけ。

だから俺は、行ったところでソラに会えるわけじゃねーしと思いながらも、一緒に本丸広場に向かった。

「チーは今日は来れないけど心配するな」と伝えるために。

誰もいない本丸広場の東屋《あずまや》で、「ソラ、いるか?」と、言ってみた。

沈黙が流れる。あたりまえだ。

どこに向いていいかわからねーし、一応、この辺な……と、立ち止まる。

「ええと、チー今日は来れないけど……」

そこまで言って急に恥《は》ずかしくなった。

「俺、バカっぽくね?」

「マジでバカ」

だよな……。

「無理だ。チーがいねーと」

諦《あきら》めて東屋のベンチに座りこむと、リンが「私のせいかもしれない」と言いながら、隣に腰を下ろした。

「なんでだよ」

「嫌なもの見せまくったから」

身元不明遺体の遺品や服や似顔絵を確認させたことだろう。リンも気づいていたらしい。

あの頃からチーの様子がおかしくなったことに。

「様子見てたんだ。チーの言うことが事実かどうか確かめるためにも。ひどいよね私」

「俺だって……。でも、何もしなかった」

リンが顔を上げて何もない空間を見た。

「ソラ、来てると思う?」

「わかんねー、ていうか、おまえソラがいるって信じたのか?」

リンは立ち上がって岩木山《いわきさん》のほうを見上げた。

「ソラがいないとパズルが完成しなくなる」

「はぁ?」

「数日、あんたとチーと関わったけど。この不可解な出来事は、ソラがいることで説明がつくけど、ソラを抜かしたら、成立しなくなる」

そう言うと、俺のほうを見た。

「ソラがいるほうが自然だってこと。それに、ここで過ごす時間、嫌いじゃない」

リンは岩木山のほうに向かって大きな伸びをした。

嫌いじゃないというのはリンの最大の肯定かもしれない。俺も……と言おうとした時、本丸広場に上がってくるチーの姿が見えた。

ようやくちゃんと話せると思ったが、チーの口から出てきたのは、全部嘘《うそ》という言葉だった。怒って本丸広場を降りていったリンを追いかけ、その腕を後ろから摑《つか》んだ。

「何よ！」

「おまえ、あいつがさっき言ったこと信じたのか？」

「なわけないでしょ！　あんな下手《へた》な芝居」

俺は腕を振り払って足を速めるリンの前に立ち塞がった。

「なら、どうして行くんだ。どうしてあんなこと言ったのか訊《き》くべきじゃねーのか？」

リンは一瞬黙った。俺はもう一度リンの腕を取って、本丸広場へ引っ張っていこうとした。一度止《や》んだ雪がまた落ちてくる。こんなこと前にもあったな……あん時は逆だったけど。

蘇《よみがえ》りかけた思い出は、「いいかげんにしてよ！」と腕を振り払われるとともに、消えた。

「クーリングオフする」

「はぁ？」

「十日間のお試し期間、ぎりぎり間に合う」

「おまえな……それでいいのか？　ソラの存在、信じ始めてたんだろう？」

「しょうがないでしょ、チーがあそこまで言うのはやめなきゃいけない理由があるからで、それに対して口出しできるほど、チーとのつき合いが深いわけじゃない。ソラだって、チーなしじゃ、来てるかどうかもわからないんだから！」

悔しそうにリンが言葉を吐き出した。

「だからクーリングオフ。全部なかったことにして全部忘れる。解散！」

リンは背を向けた。俺はなんだか腹が立って、その背中に向かって言葉を投げつけた。

「おまえさあ、結局全部捨てるんだな！」

リンは足を止めて「はぁ？」と振り返る。

「おまえの母さんのことが噂《うわさ》になった時も、自分から全部断ち切っただろう！　おまえを心配してたヤツだっていたのに」

言いながらやべぇ……と思った。リンは俺をキッと睨《にら》んで、東門へと消えていった。

やっちまった……。

めっちゃへこんで、一人でチーのところに戻る気にもなれず、そのまま町を歩いた。

高校でリンと再会し、俺の一方的な頼みでソラの身元捜《さが》しに参加してもらってから、忘れたふりをして触れずにいたことに、今俺は、どストライクの直球を投げたんだ。

小学校低学年の頃からずっと委員長だったリンは、あることがきっかけで、不登校になり、友達との連絡も絶ってしまった。そのきっかけとは、小さな町に広がった噂だった。

リンは中里《なかさと》に住む祖母の家で暮らしていた。両親の仕事の都合ということだったが、小学校五年の時に派手な身なりをした母親が中里に戻ってきたことで、リンが、父親が誰かもわからない婚外子だったという噂が広まり、ついでみたいにリンのばあちゃんの仕事についてもみんなの知るところとなった。

保守的な土地柄だから母親達のリンを見る目が一気に変わり、子供達にもその空気が伝わった。「おまえの父ちゃん誰だ」とあからさまに聞くヤツもいたが、たぶん一番リンを傷つけたのは、みんながリンと距離を置くようになったことだと思う。俺もその一人だった。それには別の理由があったんだが、あの時のリンの気持ちを思えば言い訳に過ぎない。

そしてリンは学校に来なくなった。

俺達は混乱した。いなくなって初めて、クラス内の揉《も》めごとを収めてもらったり、難しい授業内容をわかりやすく教えてもらったり、今までどれだけ彼女に頼っていたかを思い知らされた。なんとかしなきゃと思いながらも、震災が起きてゴタゴタしているうちに俺は黒石《くろいし》に引っ越すことになり、それきりになってしまった。

中里の同級生から様子は聞いていた。中学からは登校するようになり、どんだけ勉強したんだよ、というくらいグレードアップしたリンはダントツトップの成績を取り、ウェブの全国テストでも上位に入っていたらしい。でもまったく人と関わろうとしなくなり、委員長に推薦されることがあっても拒否を貫いた。

弘南線《こうなん》の曇《くも》ったガラス窓を見ながら、あの頃のことを思いめぐらせていた。

我に返り、ガラス窓に円を描いて外の世界を覗《のぞ》いたら、小さな円の世界はすぐに曇って見えなくなった。リンの世界もチーの世界も、そしてソラの世界も、見えたと思うとすぐにふさがる。手袋をした手で思い切り窓の曇りをふき取ったが、吐き出した自分の息でまた曇り、俺はまたへこんだ。


それから数日は何ごともなく過ぎていった。チーは以前と同じように、できるだけ存在を感じさせず、人目を避けるように行動していた。リンは城址公園でチーが爆弾発言をした日、過去話に触れた俺を睨みつけたのを最後にまったく姿を見せない。たぶん、俺を避けているんだろう。

本当にこのままフェードアウトするんだろうか。そうすれば家の用事もできるし、部活にも出られる。そうだ、そのほうがいいんだ。そう思うたびに俺の中のもやもやがでかくなり、見たこともないソラの影が頭を過《よ》ぎる。

「治《おさむ》ちゃ〜ん、何ボーっとしてんの。早く行かねーとパン売り切れるよ〜」

健太《けんた》に急《せ》かされて、昼休みだけパンを売りに来ている玄関前に急いだ。持参した弁当はいつも二時限目の休み時間にはなくなっているから、昼はパンを買うのが習慣になっていた。

　売れ筋の調理パンは数が少なく、いつも奪い合いだった。遅れると甘い菓子パンばっかりになるから、昼はいつもスーパーのタイムサービス並みの奪い合いだ。

「よっしゃ！　調理パン二個ゲット！」

　隙間から手を入れ、やみくもに調理パンを手にして喜んでいる健太の上から手を伸ばし、俺はカツサンドと焼きそばパンとカレーパンを取った。

「あー俺もカレーパンほしい！　ていうか、マジ⁉　俺が摑んだのコロッケパン×2だぜ？　どういうこと？　これ」

「うっせーな。ほら」

　コロッケパンを一つ取り上げ、カレーパンと交換してやった。

「あざーす！　やっぱ背が高いと得だね。そういう友達持った俺も得だけど」

　上機嫌の顔を見て、カレーパン一つでこれだけ幸せになれるのも才能だなと思う。

「ところで治ちゃん、そろそろ陸上部戻ってきてよ」

　あ――と、気のない返事をしたら、健太の顔から上機嫌が消えた。

「澤村《さわむら》のヤツ、まだおまえを引っ張ってんのか？」

「え……」

「やめとけって、あんなのにつき合っておまえまでなんか言われたらどーすんだ」

「おまえ、何言ってんだ」

「あいつきもいじゃん……俺、嫌なわけよ、治ちゃんが変なレッテル貼られるの」

「なんだそれ。きもいとか、どういう意味だ！」

思わず声が出て、健太が戸惑った顔で俺を見た。

「どういうって、あいつの家幽霊屋敷らしいし、変な噂あるし、学年中から痛い子扱いされてるし……そんなのとおまえが親しいと思われたくねーし」

「おまえ、あいつに何か言ったのか？」

「何かって……」健太は一回言葉を止めると、開き直ったみたいに言った。

「ああ、言ったし、きしょいって。忙しいおまえを、変なことに巻き込むなとも言った。ハブられるヤツと一緒にいるとハブられるって！　それが悪いか？　本当のことだろーが！」

「おまえな！」

思わず声がでかくなり、廊下を歩く生徒達の視線がこっちに向けられるのがわかった。

知らなかった。チーはどんだけ傷ついただろう。

「おまえ、なんか勘違いしてね？　俺は澤村に無理やり引っ張られてるわけじゃねーし、自分で決めてあいつと一緒にいたんだ。それに、俺が黙ってハブられるタイプだと思うか？」

俺を睨みつけていた健太の目が弱気になった。

「俺はただ……」

わかってる。俺はただ、おまえのためを思って——そう言おうとしたんだろう。でも、そういうのはだいたい本人のためじゃなく、言っている人間の都合だ。

健太はどうしていいかわからない顔をして、少し遅れて教室に入ってきた。昼を食べる時に何となく集まる男子生徒達のところに椅子を持っていって座ると、いつも俺の横にくる健太は、迷いながら一番離れた場所に椅子を置いて座った。

チーの姿は見えない。いったいどこで一人で弁当を食べているんだろう。

午後の授業はほとんど頭に入らなかった。廊下側の隅《すみ》で小さい体をさらに丸めて気配を殺しているチーと、窓側の席で外を見ながらため息をつき続けている健太にばかり視線がいく。

くそっ！　もやもやする。思い切り走りたくなって、チャイムが鳴ると同時に、陸上部の部室でジャージに着替え、ベンチコートをひっかけた。

　部室を出たところで健太がこっちに向かってくるのが見えた。俯《うつむ》き加減で歩いていた健太は、俺に気づきハッと顔を上げた。

「八甲田山《はっこうださん》、走ってくる」すれ違いざまに言ったら、後ろから「ごめん！」と、声が返ってきた。「謝る相手、俺じゃねーし」そう言って走り出した。

　雪は降ったりやんだりで、八甲田山には程遠い穏やかな雪空が広がるグラウンドを思い切り走った。チーの泣きそうな顔や、リンの不機嫌な顔が目に浮かぶ。ソラの顔は、浮かばない。だが、今日も待っているのかと思うと、胸が痛い。最後に健太の顔が浮かんだ。あいつは調子がよくて軽そうに見えるが、結構デリケートなヤツなんだ。言い過ぎたか……と思った時、スマホが震えた。その健太からだった。

「なんだ？」と訊くと、健太の切羽詰まった声が聞こえてきた。

『澤村がやべえ！　とにかくきてくれ』

「どういうことだ？」

　スマホを耳に押しつけたまま校庭を横切って校舎に向かった。健太がパニくりながら言う。

『澤村見かけたもんで、話、しようかと思って追いかけたら、あいつ、上級生に囲まれて、校舎裏に連れていかれた』

「すぐ行く」

健太との通話を切って、走りながらリンに電話した。でねーし。

留守電に「チーがやばい、校舎裏」と入れて向かったら、校舎の陰《かげ》から様子を見ていた健太が、こっちだ！　と、手招きした。

上級生三人に囲まれてしゃがみこんだチーが、鞄《かばん》から緑色の何かを取り出すのが見えた。

あの時の財布だ。くそっ！

気づけば俺は、その場に飛び出し、「おまえら、何してんだ！」と、上級生に向かって言っていた。

ヤツらはギョッとして俺を見たけど、すぐに茶髪の男が平然と言った。

「俺達は澤村と話をしてるだけだ。関係ねーだろ。なぁ、澤村」

チーはしゃがみこんだまま、小さく頷いた。

「そういうことだからうせろ」

「澤村、その財布、前にここで会った時も空だったよな。あん時もこいつらか？　おまえ、カツアゲされてたんだろう？」

茶髪を無視して訊いた。

「答えろよ！　ずっとそんなことされてたのか!?」

「おい、人聞きの悪いこと言うんじゃねー。こいつがお詫びだって、くれたんだ」

「お詫び？」

「こいつ、いきなりすげえ勢いで走ってきて俺達に激突したんだ。しかも化け物！　とか叫んでさぁ……。ひでーだろ？」

「化け物？」

チーが、慌てて俺から目を逸《そ》らした。

「それで、どうしてくれるって訊いたら、こいつが自分から財布出したんだ」

「それ本当か？」チーに訊くと、下を向いたまま頷いた。

「バカか！」思わず口に出すと、チーはさらに下を向いて小さくなった。

「それで、下級生の金取り上げたっていうのか。サイテーだな」

茶髪に向かって言った。

「なんだと！　一年のガキが、態度でかいんだよ！」

今度はさっきから黙って俺を睨んでいたロン毛が声を上げた。

「でかいのはもともとだが、何か文句あるのか」と近寄ったら、さすがに頭にきたらしく、三人が俺を取り囲んだ。

「やめてよ！」

チーの絞り出すような声が聞こえた。

「い、岩木《いわき》君は関係ないよ！　お金なら別にいいんだ。だから喧嘩《けんか》しないで！　もう僕に関わらないで！　め、迷惑だから、もう僕を放っておいて！」

ロン毛はニヤッと笑って、「だってよ」と、チーが握りしめていた財布を取り上げて、中から万札を数枚抜こうとした。なんでそんなに金入れてんだ！

「やめろ！」と財布を叩き落とすと、他の二人が俺の腹に蹴りを入れた。チーが泣きそうな顔で俺を見た。こうなったらとことんやってやる。そう思って立ち上がり構えた。

「もういいから、僕が悪いんだ。僕のせいだから、僕がサイテーだから……」

「黙ってろ、チー!!!」

人前では言わないはずの呼び名で叫んでいた。チーが目を見開き、言葉を止めた。

「それに、家が金持ちだからって金で解決するんじゃねー。貧乏人の立場がねーだろうが。そんなこと言ってっと、一生こういうヤツらに搾り取られっぞ」

「てめえ！」

ロン毛の拳《こぶし》が俺の頬をかすめた。続けて来た攻撃を避けながら構えた。一発くらわしてやろうと手を上げた時だった。

「やめなさいよ！」とんがった声が校舎裏に響いた。リンだった。

「こんなバカ相手にして停学処分にでもなるつもり？」

リンは上級生なんか目に入らないみたいに、俺の前に来て言った。俺は行き場をなくした拳を後ろに隠し、意味もなくケツを掻いた。

「なんだおまえ」茶髪がリンのほうに足を踏み出した時、数人の生徒達が校舎裏に来るのが見えた。健太、どこに消えたかと思ったら、その辺の生徒達を連れてきたらしい。

ロン毛がチッ……と、舌打ちをした。「このままですむと思うな」映画で聞くような捨て台詞を残して行こうとしたその背中に、「待ちなさいよ！」とリンが言い放った。

何をやらかすのかと思ったら、リンはスマホを操作して、その画面を上級生達に見せた。そこには、ヤツらがチーから財布を取り上げるシーンが録画されていた。

「こんど澤村に何かしたら、これ公開するから」

ナイス！　さすが俺の委員長だ。俺は心の中でそう呟いた。

「てめえ！」茶髪がリンに近づきスマホを取り上げようとした。慌てて俺がその間に入る。

「先生に見せても謹慎処分くらいにしかならないかもしれないけど、ＳＮＳで流したらどうなると思う？　あんた達だってわからないわけじゃないでしょ、ネットの怖さ。高校時代に恐喝したヤツって噂は就職時や結婚の時、下手すれば一生つきまとうわよ」

どこまでやる気だ。俺はヤツらがリンに近づけないよう手で制した。

「そんなことしてどうなるかわかってんのか！」茶髪が言う。

「澤村から手を引けば絶対公表なんてしない。私はあんた達と違う。澤村を守りたいだけ。ちなみにこれ取り上げても無駄。もうデータはパソコンに送ってるから」

「なんだと……！」何か言いかけて、健太が連れてきた生徒達の視線に気づいた茶髪はウッ…と、固まった。そして、吐き捨てるように言った。

「わかったよ……。こいつに関わらなきゃいーんだろ」

「おとなしくしてたらデータ削除してあげる」

上級生達は気まずそうに顔を見合わせ、その場を去っていった。

緊迫していた空気が一気に緩み、生徒達のざわつく声が聞こえた。

「リン、大丈夫か？　怖くなかったか？」慌ててリンに訊く。

「うん。でかいのが目の前にいたから」

「それって俺か？」

「そう、あんたが邪魔で、あいつらが見えなかったから、ぜんぜん怖くなかったわよ！」

――やべえ、俺、でかく生まれてよかった。

そして俺は、しゃがみこんだままのチーに手を差し出した。

チーは俺の顔を見上げ、その手を摑んだ。


そのまま俺達は、雪花《ゆきばな》に向かった。チーに真実を白状させるために。

チーは不安そうだったが、その不安も含めて、全部聞こうと思った。

なぜだか健太もくっついてきた。ヤツは雪花のマスターが南高《みなみこう》の陸上部全盛期の選手だと聞くと、大喜びでカウンターに座りこんで、その頃の話を聞きまくっていた。

俺とチーとリンは久しぶりに三人で奥の席に座った。

「見えていたんでしょ？　本当は」

リンが訊くと、チーは観念したみたいに「うん、小さい頃からずっと……」と、頷いた。

「小さい頃は母屋《おもや》に住んでいて、そこでよく小さな女の子を見かけたんだ。僕は人間だと思っていて、一緒に遊んだりしたんだけど、みんなはそんな子いないっていうから、内緒でどこかの部屋で隠れて暮らしているんだと思ってた」

チーは、たまっていたものを吐き出すように、次から次へと話していった。

幼い頃からチーは日常的に人間以外の者が見えていたようだった。その中には真っ青な顔をしていたり、血だらけだったり、あきらかにおかしいと思える人がいて、「あの人怖い」と大人達に訴えたが、子供の冗談か悪戯《いたずら》かと思ったのか、相手にしてもらえなかった。

やがて、物心つくほどにチーは気づいた。

自分だけに変なモノが見えていることを。

幼稚園に入って間もなく最初の事件が起こる。お遊戯の練習をしているチーは、片足の兵隊さんが子供達を見ているのに気づいて、「兵隊さんが見てる！」とみんなに訴えた。子供達は泣き出し、幼稚園の先生は変質者がいたのかと勘違いし、警察を呼んだりして大変な騒ぎになったという。

「駆けつけた母さんは、『なんであんたはそんなことばかり言うの⁉』って、泣いていた。それでわかったんだ。どんなに怖くてもこれは人には言っちゃいけないんだって……」

淡々とチーは喋《しゃべ》り続けた。

いつの間にか俺達の横には健太が来ていて、珍しく神妙な顔で話を聞いていた。

以来、チーは見えることを隠し続けたが、小学校三年生の時に、幽霊とか不思議な話が大好きな女の子と仲良くなり、つい言ってしまった。「僕、見えるんだ。小さい頃は家に女の子の幽霊がいて、時々一緒に遊んでた」と。

すると女の子は「それ座敷童《ざしきわらし》だ！」と決めつけて、「まだいるかもしれないから、捜してみようよ！」とチーに言ったそうだ。

最初はその子一人が来るはずだったが、澤村家に座敷童を捜しに行くと知ったクラスメートが次々と名乗りを上げ、かなりの大人数になった。

「今にして思えば、みんなは座敷童なんて信じてなくて、澤村家を見たかっただけだってわかるのに、その時は大人はわかってくれなくても、みんなはわかってくれたんだと思って、少し得意だったんだ……バカだよね」

当時のことを思い出した様子でチーが呟く。

そしてあの二回目の事件が起きる。

たぶん、澤村家の古い建物のせいとか、先入観とかあるのだろうが、普段使われていない蔵にこっそり入った時に、一人の女の子が「オバケがいる」と言いだしたそうだ。

チーには見えなかったから、本当はそんなものいなかったのだろう。だがそれを聞いた別の子が叫び声をあげたのをきっかけに、次々と伝染して集団パニック状態になった。チーの母親や本家の人達が飛んできたが、倒れていた女の子達は息ができないみたいに苦しがって、次々と救急車で運ばれ、あの騒ぎになったという。

澤村家の力で新聞に載るのは阻止したが、噂はネットから広がり、そのでかい家は幽霊屋敷と呼ばれるようになり、ネットには澤村家の黒歴史とか、政治家だった先代が、強引なやり口で多くの人の恨みを買ったとか、根も葉もない噂話がもっともらしくアップされたらしい。

「お爺様《じい》と義孝《よしたか》さんに問い詰められて、座敷童も他の幽霊の話も、全部嘘だって言った。クラスメートの興味を引きたいためについた嘘だって謝った。幽霊話が好きな女の子も僕から離れていった。それから僕は『気持ち悪い子』『嘘つき』というレッテルを貼られたまま、幽霊が見えることに気づかれないよう、ずっと一人でいた。僕に見える世界はみんなとは違うから、だからそうしないといけないんだ……って、思って……」

「きしょい」という言葉をチーに投げつけた健太が、「やべぇ俺……」と、頭を掻いた。

さらにチーは、ソラの身元捜しをはじめてから周りの霊が増え始めたこと、落としたスマホのロック画面を義孝さんに見られて、過去の噂が再燃したことを知られたと話した。

くそっ、俺の送ったＬＩＮＥ《ラ イ ン》だ。

「義孝さんすごく怒って、場合によっては転校させるって言われたし、だからもう、何もしないでいようと決めて、二人に嘘をついたんだ。南高が好きだから、ここにいたいから」

「あいつ、なんなの？　なんの権利があってチーのこと」

俺が言おうとしたことを先にリンに言われた。

「義孝さんは昔から僕を目の敵《かたき》にしているんだ。僕にとってのラスボスで、僕はひそかに魔王って呼んでる」

ゲームに例えるのもどうかと思うが、いかにチーが追い詰められていたかわかった。話し終えると、チーは不安げに俺達を見た。リンは珍しく優しい顔になって、「よく話してくれたね」と、言った。チーの目が涙目になり、「うん」と頷いた。

帰りがけに健太がもじもじとチーに近寄り、ストン、と頭を下げた。「わりい、色々わかんねーけど、俺マジ反省してる。あんなこと言って」

チーは少しキョトンとしたけど、うんと、また頷いた。


ジャージを着替えに南高へ向かいながら、健太にチーとのいきさつを話した。

まあ、こんなこと言っても簡単には信じられねーとは思うが……と言おうとしたら、「やべえ、あきプリのセンター並みの幽霊かよー！」健太の顔がマジになった。

何を言い出すかと思えば、「なあなあ、幽霊、なんで服着ちゃってんの。死んだらはだかでよくね？　はだかの幽霊見たことないか、澤村に訊いてみっかな」

「おまえ、どうしてここでそういう発想になるんだ」

俺は軽く健太の足に蹴りを入れた。

でもいつもの健太だ。もしかして、仲間外れにされたと思ってすねてたのかもしれない。

そう思ったら、健太のしたことも全部許せる気がした。

家に帰り、ガキどもを寝かしつけ、一人になってからもチーのことが頭から離れなかった。

この先どうしようと思っていた矢先、スマホが鳴った。リンからだ。切られないうちにと慌てて通話を押す。

「明日の土曜日って、あんたバイト?」

いきなり用件を言い出す癖は電話でも一緒だった。

「バイトは朝のうちだけだけど」そう伝えると、怒ったような声でリンは言った。

「チーを、ばあちゃんに会わせようと思って」

マジか?

俺はリンの気が変わらないよう、余計なことは訊かずに、チーに連絡するといって通話を終わらせた。明日中里にいくのか。やべぇ。俺も心の準備が必要だ。

リーダーからチーも来れると連絡をもらい、昼過ぎに五所川原《ごしょがわら》駅で待ち合わせした。

「いいよね？」そう自分に問いかけ、「うん」と答える。

チーが告白した姿を見て思った。私も色々な事実をさらけ出して、それでも胸を張っていられるほど、強くなりたい。

「出かけるの？」珍しく母さんが起きてきた。

「うん」

答えてから気づいた。母さんとずっとまともに話していないことに。

学校の伝達事項はテーブルの上のメモですませていたし、会話も業務報告みたいで、うんとか、わかったとか、事務的な返事しかしていない。

昨日も遅かったんだろう、疲れ切った顔をしていた。そうまでして私の学費を捻出しようとしている姿を見ると、この人に何の罪があるのかと思うけど、はだけた寝巻きから覗《のぞ》いた白い胸を見て、やっぱり嫌悪感が走る。ダメだ。前向きに進もうという思いはいつもこうやってしぼんでいく。母さんのせいじゃなく、私の問題なんだ。

「ばあちゃんのとこ行くけど、用事ある？」

ぶっきらぼうに言った。

母さんは目をハッと開き、ちょっと待ってと言って自分の部屋に消えた。ごそごそ何をやっているかと思ったら、漢方薬とサプリとか健康食品を山盛り持ってきた。

言わなきゃよかった。

結局、敷居が高すぎて実家に顔を出せない母のために、健康食品の山を持たされる羽目になった。

五所川原に到着する五能線《ごのう》を出迎えるつもりだったけど、荷物を持った分歩く速度が遅くなり、着いた時には、五所川原の駅の前に、でかいのと小さいのが所在なさげに並んでいた。

「あんた達、並んで立ってるとバカっぽい」

「チースって、いきなりそれかよ。ていうかなんだその大荷物」

「ばあちゃんに渡してくれって、母さんが」

「そうか」と言って、リーダーは当然のように、私から荷物を取り上げた。

「あの、どうしてリンのおばあちゃんのとこに行くの？」

チーがおずおずと訊《き》いた。

「あとで話す」そう答えて、津鉄《つてつ》のホームに向かった。往生際が悪い私。

乗りこんだ『走れメロス号』は、ストーブ列車と通常の車両の二両編成だった。ストーブ列車に乗りたそうにしていたチーを引っ張って、通常の車両に乗る。

ストーブ列車は追加料金がかかるので地元の人はまず乗らないが、土曜日のせいか斜陽《しゃよう》館《かん》に行く観光客でそこそこに賑わっていた。でも、普通の車両は閑散《かんさん》としていた。

「走れメロス号って、こんなちっちゃかったっけ」

ボックス席の窓側で座席からはみ出しそうになりながらリーダーが声を上げた。

「あんたがでかくなったのよ」そう言ったら、久しぶりにチーがクスッと笑った。

「二人って、同じ小学校だったんだよね」

「ああ、俺は悪ガキで、なんかするたび委員長だったリンに怒られてた」

「そんな話、しなくていいでしょ」

中里《なかさと》に行くことになったから、リーダーは私が避けていた故郷にいた時の話が解禁になったつもりでいるみたいだ。まあ、半分はそうなんだけど、残りの半分はまだ明かすのを躊躇《ためら》っている。やっぱり私は往生際が悪い。

「リーダー、中里はいつぶり？」

「五年ぶり。黒石《くろいし》に移ってから初めてだ」そう言ってリーダーは窓の外の景色に目をやったまま口を閉ざした。中里は思い出深い場所だから、色々考えるんだろうなと思っていたら、リーダーは窓に額を押しつけたまま いきなり寝ていた。何も考えてないなこいつ。その無防備な寝顔を見ると、子供の頃の悪ガキ姿を思い出してつい笑ってしまう。

「どうしたの？」チーが私の顔を見た。

「ううん、なんでもない」言ってから、ついでみたいにつけ加えた。

「イタコなんだ、私のおばあちゃん」

チーは一瞬キョトンとして、「イタコ？」と、素《す》っ頓狂《とんきょう》な声を出した。その声で、リーダーが薄く目を開けるのがわかった。

「イタコって、あの、口寄せの？　な、なんで？」

「なんでって、私が生まれる前からそうなんだから仕方ないじゃない」

リーダーが、ククッと笑いをこらえている。

「リンのおばあちゃんがイタコって、ドラゴンのおばあちゃんがハムスターってくらい、衝撃なんだけど」

「どういうたとえよ！」

リーダーは爆笑しながら、「でもリンのばあちゃん、すげーイタコだぜ。チーの力になってくれると思う。俺が保証する」と言った。

「それで、僕に？」チーが小さく言って、「ありがとう」と目を伏せた。


中里に到着すると、迎えの車が待っていた。ばあちゃんの家には、相談ごとに訪れる人がたくさん出入りしていて、何かと世話を焼いてくれている。昔からの習慣で気にも留めなかったけど、他人が家族みたいに出入りしている、考えてみればずいぶんおかしな家だ。

迎えに来てくれたのは、亡くなった母親の口寄せをしてもらったのをきっかけに、頻繁《ひんぱん》に出入りするようになった酒井《さかい》さんだった。

「久しぶりだね。ばあちゃんが寂《さび》しがってるからもっと来てくれればいいのに。学校はどうだい？　やっぱり成績は一番かい？　あんたは誰に似たのか、頭がいいからねえ。あ、変なこと言っちゃったね。友達は同級生かい？　面白《おもしろ》いコンビだね。デコボコてのか……」

豪快に車を走らせながら、喋《しゃべ》り続ける酒井さんに、適当に相槌《あいづち》を打っているうちに、ばあちゃんの家についた。コンビ扱いされたリーダーとチーは、よほど嫌だったのか、できるだけ離れるようにしながら家に入った。

古くてボロいけど間取りだけは広い。大きな玄関に相変わらずたくさんの靴が並んでいた。土曜日なので、離れた場所からも口寄せの客が来ているらしい。

「なつかしーな。この感じ」リーダーが呟いた。

囲炉裏《いろり》の部屋には、煮物とか、津軽《つがる》漬けだとか、山菜の入ったおにぎりが並んでいて、津軽の郷土料理『けの汁《しる》』の入った鉄鍋がコトコト音を立てていた。

「うまそう！　ていうか俺、腹減った」

「あんたはいつもでしょ」

代わり映えしない家庭料理は、久しぶりに食べると泣きたくなるくらい懐かしい。リーダーは「うめー」を連発しながら続けざまにおにぎりを食べ、終始緊張していたチーも、おにぎりの三個目を食べる頃にはすっかり笑顔になっていた。

敷居をまたいだ隣の部屋には、口寄せ待ちの客とか近所の人がいて、きつめの津軽弁が波のように聞こえてくる。ここに住んでいた頃、おばさん達を手伝ってお世話をするのを面倒くさいと思っていたけど、今はそれも懐かしい。

廊下の奥がざわついて、年配の夫婦らしい客が出てくるのが見えた。その後ろにばあちゃんがいた。何度も頭をさげる夫婦を見送ってから、こっちを見る。

「おや、どちらさんで？」

「何ボケたふりしてんのよ」

そう言ってなんとなく笑う。こんなくだらない一言で、私達は会わない時間にできた隔《へだ》たりを拭《ぬぐ》い、家族であることを思い出す。母さんと私にはできなかったけど。

「俺、わかりますか？」食べかけのおにぎりを慌てて飲み込んで、リーダーが訊いた。

「ああ、もちろんだよ。ますます大きくなったね」

「ばあちゃん、記憶力いいからね。この間も二十年前に来た人を覚えてて、向こうのほうがびっくりしてたよ。美鈴《みすず》ちゃんの頭がいいのは、ばあちゃんに似たんだね」

酒井さんがそう口をはさんだ。

「母親通り越して、隔世遺伝ってヤツかもね」

「またおまえは、あの子もあれで成績はよかったんだ」

そんなの初耳だけど、と思いながら、リーダーから袋を取り上げ、「母さんから頼まれた」と言って渡した。「また無駄なもの寄こして」ばあちゃんはそう言いながらも、少し嬉《うれ》しそうで、大切そうに袋を抱え「こっちだよ」と私達を手招いた。

ばあちゃんの部屋は、仏壇が一つあるだけで、性格なのか無駄なものは一切置かず、代わりに絶えずいい香りのするお香《こう》を焚《た》いていた。懐かしい香りとともに、ここで過ごした色々な記憶が一気に蘇《よみがえ》ってくる気がする。

チーを真ん中にして、私とリーダーが横に座った。ばあちゃんはチーをジッと見た。

ばあちゃんには余計な情報は入れず、見える子がいるとだけ、伝えていた。

「あ、あの……おばあさんも、見えたりするんですか？　霊とか、おばけとか」

「いいや、イタコっていうのは、亡くなった人の言葉を、自分の口をお貸しして残された者に伝えるのが役目なんだ。見えることはないね」

「そうですか」

チーがしょぼんとする。ばあちゃんを自分の仲間だと勘違いしていたみたいだ。

「見えるのが怖いかい？」そうばあちゃんが訊いた。チーは頷いて、

「怖いです。怖くて怖くてどうしようもなくて、どうして僕だけなんだろう。って、いつも思ってる」

ばあちゃんはチーの顔を覗き込み、目を細めた。

「辛《つら》かったね」

ばあちゃんの言葉がスッと入ってきて、チーが少し涙ぐんだ。

でもね……と、ばあちゃんが続けた。

「あんたはそれを忌《い》むべきことだと思っているみたいだが、すごいことでもあるんだよ。生の世界にいて、死を見ることができる人は、めったにいないからね」

「すごいって言ったって、怖いだけだし」

「怖いのは当たり前だよ。人間はそういう風に作られているんだ。生きていくために」

「生きていくためって、どういうこと？」ばあちゃんに訊いた。

死や死者が怖いのは、理屈をつければいくらでもあげられる。いるわけないものだから、何されるかわからないから、死の先に何があるかわからないから、死ぬのは痛そうだから。でも、生きていくためなんて、考えたことなかった。

ばあちゃんは一口お茶を飲んで話を続けた。

「生と死というのは、人間が思うよりずっと身近で、隣り合わせにあるんだよ。線を飛び越えれば、簡単に行けるくらいにね。それを隔てているのが死や死者に対する恐怖心だ。もしそれがなければ、人間は簡単に境界線を越えてしまうかもしれないからね」

チーもリーダーも、少しの間黙っていた。

死が怖くない世界って、どういうのだろう？

「俺、なんとなくわかるっす。もし死ぬのが怖くなかったら、母ちゃんが死んだ時、走って追いかけるみたいに、母ちゃんのところに行ってたかもしれないし」

チーが「えっ？」とリーダーを見た。

「リーダー、お母さん亡くなったの……？」

「ああ、今のおふくろは義理の母親なんだ。本当の母ちゃんは俺が小学校の頃に死んだ。……その時に俺、どうしても母ちゃんに会いたくて、ここに来たんだ」

「そうだったんだ」チーがそう言って目線を落とした。「なんか、僕ばっか不幸の塊みたいに思ってたのに」

「バーカ。別に俺、不幸じゃねーし。不幸感じる暇《ひま》もないほど、忙しいからな」

リーダーが言うと、ばあちゃんは頷きながら、

「それでいいんだ。残された者は生きていかなきゃいけない。だから死を遠くに置いておくんだ。死も、死んだ者も恐れてね」

死に対する恐怖は畏敬《いけい》でもある。それを失くした世界では、人を殺すことも平気にできてしまうのかもしれない。

「まあ、人間てのはよくできたもんで、年を取るごとに死も、死者もだんだん怖くなくなるんだよ。お迎えが近いのかもしれないね」

「変なこと言わないでよ」思わず言うと、ばあちゃんは、「冗談だよ、まだまだここでやりたいことがあるからね」そう言って、笑った。

「それで、僕はどうすればいいんですか?」

途方に暮れた顔でチーが訊いた。

「強くおなり。あんたが見ているモノ達は、何か理由があってあの世に行けずに彷徨《さまよ》っている、悲しい存在なんだ。それをわかってあげられるくらい、強く大きな心を持つんだ。怖くても元は同じ人間で、この世界であんたみたいに、色々なものを抱えて生きていたってことを、心のどこかに置いてね」

「僕と同じ、色々なものを抱えて……」

チーはばあちゃんの言葉を、自分に言い聞かせるように繰り返した。

「それに、私は思うんだよ。人間に備わっているそれぞれの力っていうのは、きっと、何か意味があるってね」

チーはハッと顔を上げて、ばあちゃんを見つめた。

「実はね、ばあちゃん。チーは女の子を助けようとしてるんだ」

「ほう、そうなのかい」

うん。と頷いて、私はソラのことをばあちゃんに話した。ばあちゃんはその一つ一つに頷きながら、話を聞いていた。

「記憶喪失《そうしつ》の幽霊かい。そんなこともあるのかね……。まあ、あの世のことも、死んだ者のことも、本当は何もわかっちゃいないからね」

ばあちゃんは「記憶喪失ね……」と、もう一度呟いた。

「ばあちゃん、ちょっといいかい？」酒井さんが中に入ってきた。

「青森《あおもり》の高柳《たかやなぎ》さん早く帰してあげたいから、先に見てくれないかい？」

ばあちゃんが「ああ、いいよ」と言うと、恐縮しながら小さなおばあちゃんが中に入ってきた。私達が出ようとすると、ばあちゃんが見ていくかい？　と訊いた。

「でも、いいのか？」リーダーが高柳さんを気にしたように言った。

口寄せの場面なんて、他の人に見られたくないだろうと思ったみたいだ。まあ、昔私はリーダーの口寄せをしっかり見せてもらったんだけど。

「いいんですよ。賑やかなほうがあの人も喜ぶから」高柳さんがニッコリ笑った。亡くなった旦那さんの口寄せをしてもらいに、定期的に来ているらしい。

本人の許可を得て、見せてもらうことになった。私には見慣れた風景だけど、久しぶりだ。リーダーもチーもいつになく神妙な顔をしている。

ばあちゃんの口寄せが始まった。

三分くらい念仏を唱える。リーダーとチーが神妙な顔をしてるのがおかしくて、私はずっと下を向いていた。そういえば昔もよく笑ってしまって、ばあちゃんに怒られたっけ。しまった……と思った。外に出てればよかった。でも、今さら遅い。

「またおまえか」

いきなりばあちゃんが言った。憑依《ひょうい》している――らしい。

リーダーとチーは「え？」という表情で顔を上げた。

「まったく、何度も何度も呼び出しおって、わしはやすまる暇もないわ」

ばあちゃんは自分の声のままそう言った。わかってたけどおかしい。

高柳さんは嬉しそうにニコニコしてばあちゃんの声に耳を傾《かたむ》けている。

「でも、感謝しているよ。そうやって忘れずにいてくれていること。四十年も経《た》って、またあ、あのころはおまえも若かったのに、再婚しろと言ってもずっと独り身でいてくれてな。それにしてもおまえ、皺《しわ》が増えたな」

ダメだ。何この日常会話みたいな口寄せ。久々にばあちゃんの口寄せ聞いたけど、まえより演技力がUP《アップ》してる。私が肩を震わせていると、伝染したみたいチーが下を向き、リーダーも肩を震わせた。

「孫達は元気そうだな。まごまごしてるとわしが死んだ歳《とし》に追いつかれてしまうな」

ばあちゃんは何度も私とリーダーの笑いのツボをつきながら、

「健康で暮らしなさい。ちゃんと命を全《まっと》うしてくれれば、あっちの世界で会えるからな」

そう言って口寄せを終えた。

高柳さんが部屋を出るのを待って、私とリーダーはこらえきれずに爆笑した。

見送って戻ってきたばあちゃんが、「まったくあんたは変わんないね。やりにくくてしょうがなかったよ」と睨《にら》みながら言うと、私の代わりにリーダーがすんませんと謝った。

「あの……憑依しててもやりにくいとか、あるんですか?」

バカ正直にチーが訊いた。

「憑依ね……」ばあちゃんはそう呟いて、澄ました顔でお茶を啜《すす》った。

「バカ。あれ、ぜってー憑依してねーし」

リーダーが小さい声でチーに言った。チーは「え?」と、複雑な顔をした。

「いちいち憑依してたら身がもたないでしょ。たぶんあの高柳さんもそれをわかっていて、でも旦那さんを思い出したくて、ここに来てるんだと思う」

ばあちゃんにも、聞こえてると思うけど、何も言わずにすました顔で、お土産《みやげ》にもらった大福を食べている。

口寄せの多くはあたりさわりのない会話だ。元気か? とか、先に逝《い》ってごめんとか、口寄せする前に亡くなった人の情報を紙に書き込むから、ある程度予想はできる。

訪れる人もわかっているんじゃないかと思う。でも、それでも「元気で暮らしなさい。俺は大丈夫だから。君には感謝している」などと言われた遺族の多くが、ホッとした顔をして帰っていくのを見ると、それはそれで意味があるような気がする。口寄せをすることで、言えずにいたことを伝えたり、死との折り合いをつけているんだと思えた。

でもたまに切羽詰まった人が訪れる時があった。そして時々私は、「これ何？」と思うような不思議な場面に出会う時があった。リーダーが受けた口寄せもその一つだった。

腹が減ったと言うリーダーについて部屋を出た。チーはまだ気がすまないみたいで、ばあちゃんと話し込んでいた。居間でリーダーが出来立ての炊き込みご飯にがっつくのを見ながら、また思い出した。育つわけだ。ずっとこんな風に食べてんだから。

「なんだよ」視線を感じたのかリーダーが言った。

「あの時と一緒だなと思って」そう言うと、リーダーは前髪をかきあげて、言った。

「あの納屋、まだあるかな」

私を見上げたその視線に、ドキッとした。

「さあね。ボロいから壊されたんじゃない」

「行ってみねー？」

挑戦するような目は私を試しているのかもしれない。おまえ、動揺してるだろう？　と。

だから私は、なんでもないみたいに、「いいよ」と言った。

裏の雪道をリーダーと一緒に歩いていると、あの時のことが鮮明に蘇ってくる。

少し前に、長患《ながわずら》いをしていたリーダーの母親が亡くなったと聞いていた。その頃のリーダーは悪ガキで、委員長だった私はさんざん迷惑をこうむっていたのに、冬休みに入ってからもどうしているかと気になっていた。

暮れも押し迫った頃だったと思う。夜遅く戸をどんどん叩く音がした。ばあちゃんと玄関に出てみたら、雪まみれになった悪ガキがいた。

私の顔を見て、なんでおまえがいるんだよ、という顔をした。ばあちゃんがイタコだってことはその頃はまだクラスメートに知られてなかったから、きっと驚いたんだと思う。

雪だるまになりかけていた悪ガキを中に入れたら、彼は「母ちゃんと話をさせろ！」とばあちゃんに迫った。ここに来れば死んだ人間と話せるって、どこかで聞きつけてきたんだろう、くしゃくしゃになった千円札や、たくさんの小銭を、ポケットから取り出した。

ばあちゃんは彼の父親に無事を知らせてから、残り物の炊き込みご飯を食べさせた。うるさいガキにはとにかく食わせろというのが、ばあちゃんの持論だ。そして落ち着いた頃に、口寄せをする奥の部屋に案内した。

一緒に入ると悪ガキは、なんで来るんだ、と言いたげな顔で私を睨んだ。でも、文句を言って口寄せしてもらえなくなったら困ると思ったのか、口には出さなかった。

いつも通り亡くなった人の生年月日等を書いてもらい、念仏が始まった。深夜の静かな部屋に流れるそれは、いつもより不気味で、いつもよりずっと長い気がした。

口寄せに入ったばあちゃんは、まず早く逝ってしまったことを詫びた。いつものパターンだ。悪ガキは怒ったみたいにばあちゃんを睨みながら、「母ちゃん。父ちゃん、女の人連れてきたんだ！」と言った。小学五年生の私でも意味はわかった。母親が死んだ直後にそれはひどいと思った。たぶん、母親が長患いで臥《ふ》せっている間から、つき合いがあったんだろう。

どういう風に話したかは覚えていないけど、その女性には子供もいて、父親は、つれあいを亡くした者同士、一緒に生きていこうとしていたみたいだった。

悪ガキは、「ひでーよ」を連発し、「やめろって言ってやれ」と、ばあちゃんに迫った。どこまで口寄せを信じていたのかわからないけど、口寄せと称して、ばあちゃんがそう言ったら、それを盾に、なんとしてでも止めるつもりだったみたいだ。

なのにばあちゃんは、許してあげなさいって、逆の言葉を言った。

私ははらはらして、二人を見ていた。悪ガキは、やっぱりすごく怒って、インチキだとか、母ちゃんがそんなこと言うわけないって、わめいた。

そのあとのことは、今でもはっきり覚えている。

「サムちゃん！」大きな声が、ばあちゃんの口から出た。顔を上げたばあちゃんの顔が、どうしてだか、いつもと違って見えた。

弾かれたように悪ガキが目を見開いた。ばあちゃんの声が続いた。

「許してあげなさい。父ちゃんは寂しがり屋だから、しょうがないの。私が早く逝っちゃったから、しょうがないの。ごめんね、サムちゃん。そのほうが私も安心だから。……だから、許してあげなさい」

悪ガキの目から大粒の涙がこぼれるのが見えた。そして、クッと身をひるがえして部屋を飛び出した。ばあちゃんの目がそれを追い、私を見た。私はコートを手にしてあとを追った。曲がり角を過ぎた時だった、行ったはずの悪ガキが戻ってきた。父親の車が来るのが見えたらしい。

「会いたくない」絞り出すような声で言った。

「こっち！」

悪ガキの手を引いて走った。今は父親の目から隠してやりたかった。悪ガキは涙腺《るいせん》が壊れたみたいにビービー泣いていて、私は「しっかりしなさい！」と、手を引っ張りながら言った。そして私達は、空き家になっている納屋に向かったのだ。

同じ道を、五年経った今、一緒に歩いている。全部夢みたいに思えるし、まぎれもない真実にも思える。

「照れくさくねー？」すっかり大きくなった悪ガキ——リーダーが言った。

「まあね」私が答える。そうしたら突然「ごめんな」と言いだした。

何のことかと思えば、私が、父親が誰かもわからない子供だって噂《うわさ》になってハブられた時、何もできなかったのは、照れくさかったからだって。今言うの？　それ！

納屋があった場所に到着すると、そこには新しくてきれいな家が建っていた。

「だよな……」

「うん」

そう言って、ほんの少しの間。二人並んでその景色を見ていた。

あのあと私達は、納屋の中で数時間過ごして、警察沙汰になる前に発見された。

その間私は、「どうしてだよ母ちゃん！」と言いながら号泣《ごうきゅう》する彼を、コートにくるんで抱きしめていた。「母ちゃんだった。サムちゃんって、……母ちゃん、俺を怒る時、いつもああやって俺を呼んでいたんだ」彼はそう言って、もう一度泣いた。

そんな痛い思い出も、その後取り壊しになった納屋とともに消えた。

ばあちゃんの家に戻ると、チーが「どこ行ってたの？」と、すねたみたいに言った。でもその顔はすごくすっきりしていた。

帰りは車を使わず、中里の駅まで歩いた。

「なんか、リンのばあちゃんの家って空気がきれいだよね。口寄せの場所って聞いて少し怖かったけど、全然大丈夫だった」

あの場所は色々なものを洗い流すような場所なんだと思う。霊を浄化とかじゃなくて、生きている人の悲しみとか、悔いや憎しみを洗い流す場所。

「ばあちゃんと何話してたんだ？」

「うん。僕の力は特別なものなんだから、誰に何を言われても、恥《は》じたり忌《い》まわしいと思うのはやめろって。僕にしかできないことがたくさんあるって。だからやっぱ思うんだ。ソラのこと僕でできるなら頑張《がんば》ろうって」

「うん、そうよね」

「ところでリンはなんでおばあちゃんの家出ちゃったの？」

「こんなところから通えるわけないでしょ。それに、ここにいたらイタコにされそうだったし」

「イタコ？　リンが？」チーが素っ頓狂な声を上げた。

「学校サボって手伝いしてた時、素質があるとか言いだして、以来ばあちゃん、夜な夜な、枕もとでイタコにな～れ、イタコにな～れって、暗示をかけるようになった」

「それ怖《こ》ええ！」

「うん。それが私の一番の恐怖体験」

「リンがイタコって。似合わなすぎておもしれー」

リーダーが爆笑して言った。

「やめてよ、私、理数系に進むんだから」

「両方やればよくね？　イタコのリケ女とか」

「リケ女のイタコじゃないの？」

「どう違うのよ。ていうか、絶対やらないから」

夕暮れの町に珍しく陽光が落ちて、雪道に影が三つならんだ。私達はいつになくハイテンションで、くだらない話をし続けていた。気づいたら電車の時間が危なくなって、最後は雪道をダッシュした。

その夜、遅く帰ってきた母親に、ばあちゃんにお土産を渡したことを伝えた。

「また無駄なもん寄こして、だって」

「そう……」母さんは物憂《ものう》げに呟いて、そのまま洗面所へ向かおうとした。

「でも結構嬉しそうだったよ」

母さんは「え？」と振り向いて、「そう」と、今度はほんの少し笑った。こうしていればいつかなれるのだろうか、本当の家族ってものに。


週明けの月曜日、私達は久しぶりにソラの待つ東屋《あずまや》へ集合した。

「ソラね、すごく喜んでる。みんなが揃《そろ》ってよかったって」

そういうチーもすごく嬉しそうだった。ソラと二人きりになりたくなくて、わざと遅れてきていたのが嘘《うそ》みたいだ。

リーダーがスマホを見て、「あ、健太《けんた》来るって。プラス一人と一匹って、なんだ？」

話す間もなく犬の吠える声がして健太がやってきた。後ろにいたのは、まだ小さめの犬と、リードを持ったルンルン——坂上瑠美子《さかがみるみこ》だった。これどういうこと？　リーダーを睨む。俺のせいじゃねーしと、リーダーがぼやいた。

「あのさ、ルンルンが、どうしても桐岡《きりおか》さんと話したいって言う……から……」

睨みつけていたら、健太の声がどんどん小さくなっていった。朝からルンルンが何か言いたそうにしていたのには気づいていた。面倒くさいから避けてたけど。

「もちろんソラのことは言ってないから」こそっと、健太が言った。あたりまえだ。

「で、何？」一刻も早く帰ってもらおうと思って、ルンルンに訊いた。

「金曜日の澤村《さわむら》君と上級生の一件、見てたんだ。桐岡さん、すごくカッコよかった！」

耳障《みみざわ》りな高い声が言った。あの時の野次馬の中にいたんだ。気づかなかった。

「それで？」

「あの、友達になってほしいと思って、それ言いにきたの」

「バカなこと言ってる暇があったら帰って英語の勉強でもしたら」

「ひでー」というリーダーの声と、「リン、怖い」というチーの声がかすかに聞こえた。

ソラのことがバレないようにわざと突っぱねてるのに、こいつらときたら！

足元では犬が興奮しながら動き回り、ルンルンは犬をなだめるのに必死で、私の言葉で傷つくのを忘れている。「ランランどうしたのかな？　いつもはこんなじゃないのに」

「ルンルン、ランランて、どうよ！」と健太が叫ぶ。ダメだ、笑いそうだ。

ルンルンの手からリードがすり抜け、ランランが急に走り出した。

ランランは、本丸《ほんまる》広場の手すりの前で嬉しそうに尻尾を振りながら、クルクル回った。

チーが信じられない顔で、小さく呟いた。

「ランランがソラと遊んでいる」

ルンルンが言うには、ランランはよく不思議な行動を取ることがあって、なんだろうと思っていたら、先祖の墓参りに行った時にお寺のお坊さんから「仏様が見えてるようだな」と言われたらしい。

結局私達はルンルンとも秘密を共有することになってしまった。ランランと遊んでいるソラを見て、チーがどうしてもと言ったから。

本丸広場は急に賑やかになった。

あとから健太に聞いた。ルンルンが中学でイジメに遭《あ》っていたこと。ルンルンという呼び名が本当はバカにされてつけられたあだ名であったこと。その嫌な記憶を塗り替えるために、今は自分からルンルンと名乗っていること——。

「そんでさー、カツアゲされている澤村を助けたところを見て、すごく感激したらしくて、どーしても話がしたいって頼まれたんス」

私は人の表面だけしか見てなかったのかもしれない。そう思ったら、耳障りだったルンルンの声もだんだん気にならなくなってきた。

「おまえの呼び名リンリンにしねえ？　そしたらリンリンランランルンルン揃うぞ」

リーダーが言った。私は、「呼んだら殺す」と答えた。

そして、数日経った頃、チーが私達に告げた。

「ソラがね、誰かに会うために、ここに来ていた気がするって言ってる。それが誰かはまだ思い出せないみたいだけど」

少しずつだけどソラに変化が出てきていた。

岩木治

「さみぃ〜」教室の窓を全開にして、健太《けんた》が声を上げた。

「ちょっと何やってんのよ！」「早く閉めろ！　バカ健太！」容赦《ようしゃ》ない女子達の罵声《ばせい》を浴びながら、健太はニヒヒと笑って、最近買ったと自慢していたダッフルバッグを肩にかけ、

「八甲田山《はっこうださん》に行ってくる」と、窓から出ていった。

「あ、逃げた！」「岩木《いわき》、あいつをなんとかしてよ！」

やべっ……。健太の代わりに、女子の怒りがマジ友の俺に向かってるし。

「わりぃ……」と、窓を閉めようとすると、吹き込んできた雪が一瞬にして教室の熱を奪った。女子達のさらなる怒りを浴びないうちに、速攻で教室を飛び出した。

……ったく。

最近健太はテンション上がりっぱなしで、以前にも増してバカやってるし、チーは授業が終わると同時に城址《じょうし》公園に突っ走るし。ま、以前のもやもやした状態から考えりゃあ、

どんだけマシか、って感じだが。

校門を出ようとしたら、後ろから「リーダー」と、リンの声がした。

「よっ！」

「ほんとにあんたうざい」

「はぁ？　いきなりなんだよ」

「遠くからでも目に入るから、面倒だって言ってんの」

そう言ってリンは白い息を数回吐いた。

「もしかして俺のこと、追いかけて来た？」

リンがジロッと俺を睨《にら》む。その目が「だから何？」と言ってる。少し前はすぐ近くを歩いていても、知らん顔してただろーが。

リンが先輩をコテンパンにした一件は、尾ひれがついて広がった。無理もない。あれだけの生徒が見ていたんだから。目立つのをあんだけ嫌がっていたから、大丈夫なのかと心配したが、リンは平然としていた。そして開き直ったリンは、誰に何言われても平気――みたいな顔で、今、俺の横を歩いている。

城址公園を抜けていこうとする生徒達に交じって高校口に差しかかった時、チーが走ってくるのが見えた。

「あ、リーダー、リン！」

俺達を見つけると、子犬みてーに飛んできて、言った。

「ソラが来てくれって……、なんかあったみたい」

「なんかって何？」

「わかんないけど、『早く早く』って急《せ》かしてる」

「ともかく、行ってみよう」

ソラに（実際にはチーにだが）ついて、城址公園の雪の中を進んだ。いつもの東屋《あずまや》を越えた本丸《ほんまる》の近くでチーが足を止め、あっ……と声を上げた。

白い雪の中で赤いコートを着た女の子がうつ伏せに倒れてもがいていた。

女の子はガバッと顔だけ上げ、雪だるまみたいになった顔で大きく息をした。

「大丈夫？」リンが無愛想な顔で訊《き》いた。

「あ……まり」女の子はよっぽど寒かったのか、歯をカタカタさせ答えた。

俺が雪にはまった体を持ち上げると、小さい体から「わっ……」と小さな声が漏《も》れた。

うちのガキどもよりは上だろうが、身長からすると、たぶん中学生くらいだろう。

「雪に顔突っ込むって、どんな転び方よ……」

雪まみれになった女の子の雪を払いながらリンが言った。

「靴が雪にはまっちゃって、取ろうとして手を伸ばしたら、そのままズボッって突っ込んで抜けられなくなっちゃって……助かりました。本当に死ぬかと思った」

「あの……靴ってこれのことかな？」

チーが、いつの間に取り出したのか、雪に埋もれていた片方の靴を差し出した。

それは小さなスニーカーだった。

「無理」リンが言った。

女の子は何を言われたのかわからない様子で、キョトンとリンを見た。

「その靴でここを歩くのは無理だってことだろ。俺もそう思う」

「ですよね……。おばあちゃんにはそう言われたんだけど、少しなら大丈夫かと思って。

……あの、この辺に、靴屋ってありますか？」

「チー、一番近い靴屋って、どこだ？」

地元民のチーに訊いたら、チーは何もない右側を見ていた。それ、まずいだろーが。

察したリンが、肩をトンと叩くと、チーははじかれたみたいに声を出した。

「ぼ、僕、長靴取ってくる。学校すぐだから。僕のなら小さいからちょうどいいと思う」

と、走り去った。あれ、ぜってーソラに頼まれたんだ。

俺は、不思議そうにチーを見送る女の子に言った。

「……ま、とりあえず暖まろう」

「ふわっ～あああ！　美味《おい》しい、あったまる～最高～」

女の子は東屋のベンチに腰を降ろし、ようやく人心地ついたって顔をして、缶のおしるこをほめたたえた。

「で、なんでスニーカーで、こんな雪の中をうろついていたの？」

リンが辛口《からくち》の質問をした。女の子は気を悪くした様子もなく、「岩木山《いわきさん》、描こうと思って……」と答えた。

その岩木山は視界が悪く、稜線の欠片《かけら》すらも見えない状況だ。

「岩木山描くったって、……ここんとこずっと雪雲かかってっぞ」

俺が言うと、女の子ははぁ～と白い息を吐いた。

「困ったなぁ……明後日《あさって》には東京《とうきょう》に帰らないといけないし、これ以上高校サボるわけにいかないのに……」

え？　俺とリンは同時に女の子に目をやった。

「高校生……なの？」

「はい、今二年です」

「マジか？　俺、てっきり中学生くらいだと思っててため口きいてた」

「中学生……」

女の子はムッとした顔でボソッと呟いて、俺達を見た。

「てことはもしかして……みなさんは？」

「私達、高一」視線を逸《そ》らせてリンが答える。

「ええ⁉　……なんか大きいし、落ち着いてるし、上だとばかり……。あ、もう一人の子は小さくって、中学生みたいだったから、弟かなと……ああっ、ごめんなさい！　あ、今いないか……」

女の子はホッと息をつくと、岩木山の方向に目をやった。

「明日は岩木山見えるかな……」

「どうしてそんなに岩木山にこだわるの？」

リンが言うと、女の子は少しためらいながら、

「私、美術系の高校通ってて、それで……自分で描いた岩木山の絵を見せてあげたい人がいて……」

そう言って女の子は視線を落とした。明るく元気そうに見えるが、何か訳でもあるのだろうか……。そんなことを考えていたら、チーが長靴を手に戻ってきた。

「ありがとう」お礼を言いながら、女の子が不思議そうに顔を傾げた。長靴を手にして、あさっての方向を見てニコニコしているチー。ソラにお礼でも言われているんだろうが、俺達はひやひやしっ放しだ。

「チー」と、リンが少し大きめの声を上げる。チーは慌てて長靴を差し出した。

「あ、あの、これもう使わないし、返さなくていいから」

「そういうわけにはいかないよ。これ、まだ新しいみたいだし、ちゃんと返すから」

「いいんじゃゃね？　こいつんち金持ちだから」

「そういう問題じゃないでしょ」

「う～ん、どうしても気になるなら、俺達夕方はだいたいここに来てるから」

来なきゃ来ないでいいというつもりで言うと、

「それじゃ明日返しに来るね。あ、私、命の恩人に名前も言ってなかった。私の名前は未《み》来《く》。雑賀《さいか》未来。今日は本当にありがとう。じゃあ、明日！」

彼女——雑賀未来は、そう言って、サイズの合わない長靴でぎくしゃく帰っていった。

明日晴れるといいが。

雑賀未来の思いが実ったのか、翌日はこの時期には珍しいほどの快晴だった。

雪に埋もれていた彼女の話を聞いた健太が、「俺もいく〰〰〰!!」と、わざとらしく語尾を伸ばして言うのを無視して、城址公園に向かった。

「東京ガール、見てえ!」「来るとは限らねーし!」健太との会話を思い出す。そうだ。来るとは限らねーし、来なくても関係ねーし。

健太を構ってて遅れて到着したら、リンとチーが東屋でボーっと座っていた。

「あの子、やっぱり来てないのか? あれ、ソラは?」

「どっちもあっち」リンがくいっと首を向ける。本丸広場のど真ん中で、雑賀未来がスケッチブックを広げていた。

「ソラがね、ずっと見てるんだって。あの子がスケッチしているのを」

「へー」

天気がいいせいか、ちらほらと観光客が見える。座りたそうにしていた観光客に席を譲って、彼女のほうに近づいていった。

いったいいつから描いているのか、雑賀未来は俺達が近づいたことにも気づかず。凍える手に息を吹きかけながら、岩木山を描き続けていた。そして、ずいぶん経《た》ってから、ようやく俺達の気配に気づき、振り向いた。

「ご、ごめんなさい。もしかしてずっといた?」

「まあね、でも、退屈じゃなかったから。チーのお絵かきとは大違いだし」

「ほっといてよ！」

チーがすねると、彼女はクスッと笑って岩木山を見上げた。

「そう言ってもらってよかった。本当は人物のほうが得意で、風景は自信なかったから」

「人物？」

リンがあっ……と、俺のほうを見た。あ、そうか。

「もしかして、似顔絵も描ける？」

「描けなくはないけど、どうして？」

理由まで考えていなかった。口ごもる俺の代わりにリンが言った。

「チーがこの公園で女の子に一目ぼれしたの」

チーがギョッとしてリンを見る。

「どうしてももう一度会いたい、会って告白したいって言うんだけど、どこの誰かもわからなくて、捜《さが》そうにも写真もないし」

チーの顔が赤くなり、キョトキョトと右側を気にしている。

雑賀未来は、う～んと考えて、言った。

「いいよ、って言いたいけど、モデルなしで似顔絵って描いたことないから自信ないなぁ」

「どんな絵でもチーが描くより百倍まし」

「それひどくない？」チーが思わずリンに抗議する。雑賀未来はクスッと笑って言った。

「わかった。上手《うま》く描けるかわかんないけど、命の恩人の頼みだし、昨日のお礼もかねて、頑張《がんば》ってみる」

　俺達は雪花《ゆきばな》に場所を移し、雑賀未来に似顔絵を描いてもらうことにした。

　チーに言われるまま、濃いめの鉛筆が、スケッチブックに綺麗な女の子を描き出していく。

　美術系の高校に通っているだけあって、さすがに上手い。俺達と比べると、猿と人間くらいの差がありそうだ。だが、いくら上手くても似てなきゃ意味がない。

「もうちょっと目は大きいかな。あれ、なんか違う気がする。もっとクリンって感じなんだけど、鼻の形もちょっと違うし……」

　雑賀未来は言われるたびに消しゴムで消しては、何度も何度も絵を描きなおしていたが、説明するチーのほうが混乱して、「あれ、どうだったっけ……」と自問自答し始めた。そんなんじゃ、上手くいくわけねーし。

　リンがフッと息を吐いて、諦《あきら》めるのがわかった。

「なんかごめんね。モデルなしで似顔絵描いてなんて無茶言って」

「僕が悪いんだ……上手く説明できなくて……ごめん」

チーがうなだれ、ここまでだな……と、俺が言おうとした時だった。

「かなり美形だよね、この子……」彼女が言った。

「どうした?」と訊いたら、彼女は「ううん」と曖昧《あいまい》に頷《うなず》いて、一度止めた手をまた動かし始めた。

「あ……、目、そんな感じ。うん。なんか似てきた気がする……あっ、髪はもう少し長くて、ほんの少し癖があって……そうそう……似てきた」

雑賀未来はすごい勢いで、どんどん線を描き足していった。その手に合わせるように、チーが横でソラの特徴を説明する。そして、ついに似顔絵が完成した。

「すごい……そっくりだ」チーが声を上げた。

「めっちゃ可愛《かわい》くね?」正直な感想だった。リンはその絵を見つめたまま、しばらく黙っていた。「どうした?」と訊くと、「こんな顔してたんだなと思って」と小さな声で言った。

ようやく見ることができたソラの顔だった。「だな……」俺もしみじみ言った。

雑賀未来は、冷めたココアを両手に抱えボーっとしていた。

「大丈夫? 疲れたんじゃない?」リンが言うと、彼女はハッと我に返ったように、「ごめんなさい、ちょっと考えごとしてた」と答えた。

会計をすませて外に出ると、また雪が降り始めていた。

「絵、ありがとな」俺達が礼を言うと、雑賀未来はさっきまでの元気を取り戻して「役に立ててよかった」と笑顔で言った。誰がいうともなく、LINE《ライン》を交換する。「東京に来たら連絡して」「また津軽《つがる》に来たら……」みてーな、そんな感じ。

じゃあ……と別れようとした時、雑賀未来がいきなり「あっ、干梅《ほしうめ》！」と叫んだ。おばあさんにお土産のお菓子を頼まれていたのをすっかり忘れていたらしい。

「干梅って、駅で買えるかな？」

「それ、俺の地元黒石《くろいし》の名産。たぶん他じゃ売ってないと思うけど……」

「そうなんだ……ま、いっか、代わりに梅干しでも買ってこう」

いいのかそれで？

黒石に戻り、通りがかりに干梅の店を覗くと、明かりが漏《も》れているのがわかった。絵、頑張ってもらったしな……。「すんません！」俺は声を上げた。

なんとか干梅をゲットした俺は、翌朝、雑賀未来にLINEし、昼休みの時間に城址公園で落ち合って、絵のお礼と言って渡した。やっぱりばあちゃんは大事にしねーと。お金を払うと言い張る彼女を振り切って、急いで教室に戻った。

　未来《みく》ちゃんが描いてくれた似顔絵は、びっくりするほどソラに似ていた。

　僕しか知らなかったソラの顔がそこにあるのが、なんだか不思議だった。幽霊のソラがこうして絵になっていることもだけど、この綺麗な女の子が、少し前まで普通の人間として生きていたって思うと、すごく不思議で、そして、悲しかった。

　リンとリーダーは、ソラの顔がわかったことで、すごくモチベーションが上がったみたいで、少し前にソラが言っていた、『誰かに会うために、ここに来ていた気がする』という言葉から必死に手がかりをつかもうとしていた。

　城址《じょうし》公園は雪まつりの準備が始まっていて、トラックや、雪像や雪灯籠《ゆきどうろう》を作るボランティアの人達が出入りしていたから、変に思われないように気をつけて、僕達はソラとの会話を続けた。

「それで、どんな人だったか覚えてない？」

「ああ、服装とか、歳《とし》とか、なんでもいいからさ」

ソラは首を傾《かし》げ、しばらくして、

『う〜ん。わかんない。でもね……』

ソラは一旦言葉を止めて、誰かを捜《さが》すように、何もない左側を見た。

『いつも一緒にいた気がするんだ』

僕はまたソラの言葉をそのまま伝えた。

「マジか?」

「いつも一緒ならたまたまここに来たんじゃなくて、この近くに住んでたか、この近くの学校にいた可能性が高いわね」

「もしかして南高《みなみこう》だったりして……」僕が言うと、「なわけねーだろ」と即座に却下された。

「北高《きたこう》とか、帰りにここに通える高校はいくつかあると思う」リンが言った。

北高は、城址公園を挟んで南高と反対側に位置する共学の工業高校だ。

「似顔絵持って訊《き》きに行くか」

リーダーがそう言ったら、ソラがボソッと呟いた。

『あの子にまた会いたいな』

未来ちゃんをよっぽど気に入ったみたいだった。未来ちゃんが岩木山《いわきさん》の絵を描いていた時も、ずっと離れないで後ろで見ていたし。

最近ソラは色々な顔をするようになった。いいことなのかもしれないけど、いつもニコニコしていたソラが、時々寂《さび》しそうな顔をするようになったのが、なんだか気になった。

「あ、健太《けんた》だ」リーダーが言った。

ファイオー！　ファイオー！　かけ声がして、ベンチコートを着た健太君の頭が見えてきた。最近は部活の途中に抜け出してここにくるのが習慣になっているみたいだ。

「チース！」僕達に向かって、ニッと笑って手を上げた。

「また遠征してんのか？　しまいに怒られっぞ」

「治《おさむ》ちゃん、人のこと言えるの？　それよりさー、祭りの準備で女の子いっぱい来ててさー、一人ぐらいなんとなんないかなぁ……」

「リーダー、このバカ、どっかやって」

呆《あき》れた顔でリンが言った。

「それひどくねぇー？　俺だってなんか協力できないかなーと思って来てるのに」

健太君の情けない顔を見て、リーダーが「あっ」と声を上げた。

「ならこの辺の高校の陸上部にこの子見たことないか訊いてくれ」

リーダーがソラの似顔絵のコピーを健太君に差し出した。

「え、マジー‼? これってソラだよな。やべぇ、めっちゃ可愛《かわい》いやん！ ガチでやべえ、コートの下、制服だよな。なあなあ、ブラとかしてんのかな。どうせ触れないんだから、脱いでくれてもよくね？ 全部脱いでくれたら俺、それだけで三回は抜け……」

リーダーが頭を叩いて強制終了させた。

「へ、変なこと言わないでよ」思わず言うと、健太君はさすがに言い過ぎたと思ったみたいで、「すんません」と頭を下げた。

「でも確かにコート脱いでくれれば制服が見えるんだけどな」

リーダーの言葉にソラが答えた。

『それ無理だと思う。そもそも自分がどんな服着てるとか、考えたことなかったもの』

その言葉をみんなに伝える。

「その服装に何か意味があるんじゃない？ いつもここに来る時その格好だったとか」

「やっぱ学校帰りっぽいな。でなきゃ近くに住んでるか」

リーダーが言った。

「俺、マジで他校のヤツらに訊いてくる！」健太君が南高と反対側の道へと走っていった。

そのまま近くの高校の陸上部に行くつもりみたいだ。

やっと静かになったと思ったら、今度はランランの吠《ほ》える声が聞こえてきた。

「また来た」リンが呟いた。

『ランラン！』ソラが嬉《うれ》しそうに声を上げる。ランランはさらに吠えながら、リードを持ったルンルンを引っ張るように、僕達のほうへ走ってきた。

「わからない歌詞、……持ってきたんだ」ルンルンが息を切らしながら言った。

「あんた私を自動翻訳機とでも思ってんじゃないでしょうね」

憎まれ口を叩きながらも、リンは「見せて」と、その歌詞を受け取った。

「よし、走るか！」

リーダーがランランのリードを取って走り、ソラがそれについて行き。僕もあとを追う。リンはルンルンに英語の歌詞の訳を教えながら、時々、こっちに向かって「あんた達、うるさい！」と声を上げげた。

賑やかなこの時間は、一人でゲームしている時より、ずっと早く過ぎていく気がした。日暮れまではあっという間で、ソラが消えてから僕達は解散し、家に戻った。

あれから義孝《よしたか》さんとは顔を合わせていない。「縁談が進んでて忙しいのよ」って、母さんが言っていたけど、義孝さんが鬼みたいに怒っていたネットの噂《うわさ》は、健太君やルンルンがまったく別の話にすり替えてくれたおかげで、意外と早く収束した。
［あいつ、寝ないでゲームやってて、うとうとしてたらモンスターに追いかけられる夢見て逃げたんだってさ、バカじゃねーの］
［なんだ、ただのゲームおたくか］
［誰？　変なこと言い出したの］
［幽霊話終了。あほくさ］
僕は新しくゲームおたくというレッテルを貼られたけど、幽霊話よりずっとましだ。それで義孝さんに転校させられずにすんだんだから。
その義孝さんが、夜になって珍《めずら》しく、本当に珍しく離れの僕達の家にやってきた。母さんが言っていたとおり、結婚が決まった報告だった。
「おめでとう」と母さんが言った。父さんはすでに知っていたみたいで、隣でただ頷《うなず》いていた。僕は母さんに突つかれて、「おめでとうございます」と、一応言っておいた。
奥さんになる人は、青森《あおもり》市に住んでいる資産家のお嬢様で、義孝さんが政界に進むうえで大きな後ろ盾になってくれるらしい。「いいご縁ね」って母さんは言ったけど、義孝さんはニコリともしないで、ただ「はい」とだけ言った。
義孝さんが何を考えているのかわかんないけど、結婚の報告というより、葬儀のお知らせみたいな顔だった。

　母さんと一緒に玄関まで見送りに出ると、「千尋《ちひろ》」と義孝さんに呼ばれた。義孝さんに名前を呼ばれた時は百パーろくなことないから、僕は身構えながら一緒に玄関の外に出た。

「先方によけいなことを言ったら、承知しないからな」

　軽い牽制だった。僕は「はい」と頷き、そのまま退散しようとしたんだけど、義孝さんの顔を見て、つい言ってしまったんだ。

「義孝さん、その人のことが好きなの？」って。

　義孝さんはギロッと僕を睨《にら》んで魔王の顔になった。まずい！

「バカなこと訊くな」

「バ、バカなことじゃないよ。結婚するのに、好きじゃないの？　そんなのおかしくない？　義孝さんだって人を好きになったことあるよね？　そうじゃないの？」

　バシッと、衝撃が来た。頬を打たれたんだって気づいたのは少ししてからだった。今まで言葉の攻撃は何度も受けたけど、直接手が飛んできたのは初めてだった。

「おまえには関係ない！」

　義孝さんはそう言い捨てて母屋《おもや》に戻っていった。僕は呆然《ぼうぜん》としてその背中を見ていた。

どうしてだろう、頬を打たれたのに、それは言葉の攻撃より痛くなかった。僕の頬を叩いたあとの義孝さんの顔のほうが、なんでだかとても痛そうに見えたから。


翌日は朝からずっと吹雪《ふぶ》いていた。本丸広場《ほんまる》に集まる頃には新雪が十五センチくらい積もっていて、歩くたびにズボズボとスノーシューズが埋もれた。

祭りの準備の人達も引き上げたみたいで、ここに来るまでの間、ほとんど人に会わなかった。健太君もルンルン達も今日は姿を見せず、いつものメンバーだけが揃《そろ》った。

「健太君の聞き込み、どうだったかな？」と訊くと、

「成果なし。こんな可愛い子がこの学校にいるわけねーだろ、って言われたって」

そう言ってリーダーは、東屋《あずまや》に吹き込んでくる雪を払った。

「ソラは何してる？」リンが訊いた。

ソラはさっきからずっと東屋の手すりに座っていた。そして、足をブラブラさせながら、

『あの子、また来ないかな』って、言った。

「あの子って、未来ちゃん？」

『うん』と、ソラが頷く。

『未来ちゃんが描いた岩木山の絵、見てみたい……』

岩木山に手を振りながらはしゃいでいたソラが、今は岩木山のほうを見ながら物思いにふけっている。ここ数日の変化が僕は気になっていて、リンとリーダーに相談してみた。

「私は悪いことだとは思わないけど。変化があるのは、何かに近づいているのかもしれないじゃない」

リンの言葉は力強い。本当に僕達は近づいているのかな、ソラの真実に。

『なんか最近ぼーっとしちゃってて……』

ソラはリンの横で、『ごめんね』と、呟いた。

『なかなか思い出せなくて、こんなに毎日みんなが来てくれてるのに』

僕がその言葉を二人に伝えると、二人は口々に言った。

「謝らなくていい。私、全然嫌だなんて思ってないし」

「俺も、こうなったらとことんつき合うつもりだ」

『ありがとう。私、頑張《がんば》って思い出すようにするね』

ソラがニコッと笑う。でもやっぱりその笑いは前とは違って見える。

雪がずいぶん激しくなっていた。電車が止まるとまずいので、リーダーとリンは、日が暮れる前に弘前《ひろさき》駅に向かうことになった。

「おまえも今日は帰ったほうがいい。この雪の中、一人で……まあソラはいるけど、見た目一人でここにいるのは変だろ？」

「うん。そうだよね」

リーダーに言われて、僕も二人と一緒に本丸広場を降りた。

弘前駅に向かう二人の背中を見送り、北門へ向かった。向かったんだけど……。

別れ際のソラの寂しそうな笑顔が頭から離れなくて、気づけば地吹雪に逆らうように、本丸広場に引き返していた。

広場への道を辿りながら思い出していた。最初に赤いマフラーを追ってここを歩いた時のことを。人間だと思っていた。可愛い子だと思って、どうしても目が離せなかった。まさかこんなことになるなんてあの時は思っていなかったけど、僕はあの時の何も知らなかった赤いマフラーの女の子より、今のソラに惹《ひ》きつけられる。


本丸広場の真っ白な世界で、やっぱり僕はすぐにその赤を見つけた。あの時と同じようにソラは岩木山を見ていた。でも、以前の元気なソラじゃなかった。

「ソラ！」思い切り叫んだ声が、雪を越えてソラに届いた。

ソラがゆっくり振り向いて、言った。

『どうしたのチー君。ダメだよこんな天気の時に、遭難しちゃうよ』

ううん、と首を振って、僕は口を開いた。

「ぼ、僕ね。ソラと会って、リーダーとリンに会ってから、隠しごとをするのやめたんだ。そうしたら、すごく楽になったんだ」

僕は言い続けた。人が見たら本当に危ない人に見えそうだけど、構わない。

「だから戻ってきたんだ。話、聞こうと思って。ソラ、なんかつらそうだったから。僕じゃ頼りないかもしれないけど、話してよ。つらいことも全部。僕、ちゃんと聞くから」

『チー君』

びっくりしたように僕を見ていたソラが、ゆっくり近づいてきた。

『言ってもいいかな』

僕は「うん」って、頷く。

『怖いんだ。思い出すのが』

え？

『最初は大切な人達を思い出さなきゃと思っていた。でも、こんなに思い出せないのは、思い出せないんじゃなくて、思い出したくないからかもしれない。私はすごく嫌な人間で、大切な人なんて誰もいなくて、一人ぼっちで、誰にも愛されなくて、行方不明になったとしても、誰も私を捜《さが》していないのかも……』

「まさか、そんなわけないよ」

ソラはううん、と、首を横に振った。

『自分が今まで何をしていたのかもわからないんだよ。もしかしたらとんでもないことをしたのかもしれない。罪を犯したり、人を傷つけたり』

「ソラは絶対そんな人じゃない！」

『そんなのわからない！　何も覚えていないんだから！』

初めてソラの激しい声を聞いた。どれだけ不安だったんだろうと初めて気づいた。記憶がないってそういうことなんだ。失われた時間が多ければ多いほど、不安なんだ。

でも、僕は思う。

「ソラが覚えてなくても、僕にはわかる。きっとリーダーもリンも同じように思ってる。ソラはたくさんの人に愛されて、絶対幸せだったたって！」

『どうして、どうしてそんなふうに言い切れるの？』

それは……、

「僕がソラを好きだから……！」

ソラの大きな目がさらに大きくなって僕に向けられた。

「好きだから。ソラが大好きだから……女の子を好きになることなんてないと思っていた僕が、こんなに好きになったんだから、……僕なんかじゃ相手にされないと思うけど、僕が一番好きになった女の子が、そんなこと言っちゃ、ダメだよ……」

告白してしまった。生まれて初めて女の子に。幽霊だけど。自分が誰かに告白することがあるなんて思ってもみなかった。恥《は》ずかしくて、苦しくて、でも、言い続けた、「好きだから……僕がソラのこと、大好きだから。本当に大好きだから……頼むから、そんなこと言わないで……」

言いながら涙が止まらなくなった。それでも僕は言い続けた。バカみたいに。

そしたら……。

ふわっと何かに包まれるような気がした。ソラが抱きしめるように僕の体に手を回している。そして耳元で声が聞こえた。

『チー君、ありがとう』って。

『私、勇気を出して記憶に向き合ってみる。チー君がくれた勇気、大切にする』

うん。僕はしゃくりあげながら言った。あげたのは勇気じゃなくて愛だったたつもりだけど、幽霊のソラがそれに応えてくれるはずもなく、僕は告白と同時に失恋した。

いつしか日が暮れていて、ソラの姿が消えた。涙を手袋で拭きながら本丸広場を降りようとした時に、「チー」って声がして、目の前にリーダーとリンが現れた。

「ど、どうして。ていうか、もしかして見てた？」

二人はすまなそうに口を噤《つぐ》んだ。

「見てたんだ」ボソッと言うと、リーダーが僕の肩にガシッと腕を回して、「カッコよかったぞ。おまえ」って、言った。止まった涙がまた溢《あふ》れてきた。

「チー、服、凍ってる」リンが僕の制服を叩いた。また涙が溢れる。

「雪花《ゆきばな》行ってチー解凍しよう」

「電車は大丈夫なの？」

「今止まってる」

リンがネットの遅延情報を見せた。

歩きながら僕は言った、「失恋したみたい」って。

「もともと住む世界違うんだから」と、リンが言う。

「キスくらいしてもらったか？」リーダーが言う。

「バ、バカなこと言わないでよ」――そう言いながら、僕を抱きしめてくれたふわっとした感触を思い出し、また泣きそうになった。

二人がいてくれてよかった。初めての告白と失恋をした日。僕一人じゃ耐えられなかったかもしれない。

翌日はすっかり晴れていて、健太君もルンルンも霊能犬ランランも本丸広場に集まってきていた。ソラはまだ現れない。会ったらどうしようとドキドキしていた僕は、心の準備をする時間をもらったみたいで、少しホッとした。

「この辺の高校の陸上部全部まわったんだけど、収穫なし。わりぃ」健太君が言った。

「おまえが謝ることじゃねーし」

ルンルンはソラの似顔絵を見て、「友達になりたい」と、騒いでいる。「だろー。だろー」と健太君が相槌《あいづち》を打つ。

「おまえら、うるせー！」そうリーダーが言った時、耳元で、『チー君！』って、聞こえた。

ビクッとすると、「ソラ来たか？」とリーダーが言う。もうすっかりこのパターンだ。

『昨日はありがとう』ソラが言った。モジモジしていると、『それでね……』と、ソラが僕の顔を覗き込んだ。

『思い出したことがあるんだ。私、夜にここにいたことがあるみたい』

「夜？」

『うん。すごく賑やかで、あんな雪の灯籠がたくさんあった』

ソラが雪まつり用に作られていた灯籠を指差した。

「雪まつりのだよ、あれ。それってきっと、雪まつりのことだよ」

「おい、何言ってんだ？　雪まつりがどうした？」

僕がソラの話を伝えると、みんな一斉に「おお！」と声を上げた。

「雪まつり、来週からじゃね？」健太君が言った。

「ああ、そこにいれば何か思い出すかも」リーダーが言った。

「でも、夜って、どうなの？」

微妙な空気が流れる。夜になると消えてしまうソラを、どうやって夜の祭りにつれていくんだろう。

「昼の祭りでもよくね？」健太君が言うと、ソラが慌てて口を開く。

『ううん。私がいたのは夜だったんだ。あちこち灯《あか》りがついてて、すごく綺麗だった』

リンが少し考えて言った。

「ソラがそれだけ言うなら意外と行けるんじゃない。ほら、普段夜外出できない女の子も、祭りの日には夜遅くまで遊んでいいって言われるし」

「お嬢様かよ」

リーダーが言った。でも、意外と当たってるかもしれない。ソラが日暮れとともに消える理由もわかっていないんだから、その設定が突然解除されることもないとはいえないし。

僕達は新しく与えられた、夜の祭りにソラを連れていくミッションに取りかかることにした。

岩木治

雪まつり一日目は祭日で、俺達は、日が暮れる少し前の時間にいつもの場所に集合することにした。

朝は宅配便の仕分けのバイトをして、それが終わるとおふくろに言われるまま家事を手伝った。どれも雪まつりで遅くなるのを許可してもらうためだ。

ガキどもの汚れた服を洗濯機に放り込んでいたら、スマホがブルっと震えた。雑賀未来《さいかみく》からのＬＩＮＥ《ライン》だった。

［住所教えて］そう書かれた文章に、動物がお願いしているスタンプが貼られていた。

［なんで住所？］

［干梅《ほしうめ》のお礼］

［いいよ。こっちは絵のお礼のつもりだったから］

［おばあちゃんに言ったら、お金預かっちゃって。チー君やリンちゃんにも記念に何か送

りたい。命の恩人だし」

ありがとうのスタンプがいっぱいの返事が来た。

お礼か……。

「なら岩木山《いわきさん》の絵が完成したら、写真に撮って送ってくれ」

ソラがこの子の絵を見たいって言っていたのを思い出して、そう返信した。

「そんなんでいいの？」

「そのほうがいい」

雑賀未来はようやく諦《あきら》めたみたいで、動物がすねているようなスタンプと一緒に、「わかった」と返事が来た。なんかガキみてー。俺より年上だけど。

スマホをズボンのポケットにしまい、洗濯機を回すと、またスマホが震えた。

「ところで、チー君の初恋の人、見つかった？」

今度は文章だけが送信されてきた。

「まだだけど、どうかした？」

返事が返ってこないので、スマホをしまおうとしたら、また震えた。

「ちょっと気になっただけ……。余計なこと訊《き》いてごめんね」

「別にいいよ。あの絵すごく助かったから。それじゃ岩木山の絵の写真、頼むわ」

今度はスタンプで、［またね］が返ってきた。気にしてくれてんのはわかるけど、嘘《うそ》ついて絵を描いてもらったから後ろめたい。でも、幽霊だなんて言えねーし。

散々おふくろにこき使われ、「雪まつり、つれていけー！」と大合唱するガキどもを振り切って、弘南線《こうなん》に飛び乗り、弘前《ひろさき》に向かった。


弘前駅前はいつもより人出があって、タクシー乗り場やバス乗り場に列ができていた。その列を横目に見ながら、早足で城址《じょうし》公園へ向かう。

その日は珍《めずら》しく快晴。木がライトアップされ、明かりが灯された雪灯籠《ゆきどうろう》がずらっと並んで、いつもの城址公園とは別物みたいだ。

ぎりぎりに来たせいか、もうみんな本丸《ほんまる》広場に集合し、しっぽを振ってはぁはぁ荒い息を吐き出しているランランを囲んで、わいわいやっていた。

「遅い！」リンの文句が飛んできた。

「わりぃ。ソラ、来てるな」

チーが頷《うなず》いた。霊能犬ランランの尻尾の振り方や、チーの表情で、最近はソラがいるのがわかるようになってきた。

「治《おさむ》ちゃん、早くしないと日が暮れちゃうよー」健太《けんた》が俺を急《せ》かす。

「ソラ、どこに行きたい？」リンが訊くと、チーが答えた。

「あっちだって、あ、もう走り出してる」

ランランが嬉《うれ》しそうに吠《ほ》えながら走り出し、ルンルンもリードを掴《つか》みながら続く。

「治ちゃん、俺らも走ろうぜ！」

「バーカ、祭り客の迷惑になっぞ」

言い終わる前に健太は走り出し、ランランを追い越した。狩猟本能を刺激されたランランは、今度は健太をターゲットに追いかける。バカめ、本当に怒られるぞ。

人混みに消えていった健太達のことは放っておいてソラのあとをついて行く。その先には錦絵が並べられた回廊があった。

リンが俺の腕をつついて、「見て」と上を示した。暗くなりかけた空に月が見えていた。日が暮れたのに、ソラはまだここにいた。

回廊の大きな錦絵の前で、チーが立ち止まった。ソラが消えたのかと思ったが、チーは何もない空間を眩《まぶ》しそうにみている。

「ソラ、何してるの？」

リンに訊かれ、チーはビクッとして俺達のほうを向いた。

「あっごめん……ソラ、錦絵見てる」

「おまえ、ソラに見惚《みと》れてたな」半分冗談のつもりだったんだが、めっちゃ動揺しているところをみると図星のようだ。

あの似顔絵の女の子が、この回廊で錦絵を見てたら、絵になるだろうな、きっと。

「ソラが、こういうの見たことある気がするって、その……例の誰かと一緒に……」

「ガチか」

「今度はあっちに行きたい、って」チーの言葉を聞いて、俺達はお祭り広場のほうへ向かって歩き出した。

チーがチラッと月を見たのがわかった。チーも気づいているみたいだ。日が暮れてかなりの時間が過ぎたことに。今晩ソラは記憶を取り戻すかもしれない。そんな予感が頭を過《よ》ぎる。

その時、霊能犬ランランの吠える声がかすかに聞こえ、ルンルンと、やっぱり誰かに怒られたのか、ランランを抱えた健太が走ってきた。

「LINEしても返事こねーし。どこ行ったかと。ていうか、ソラ、まだいるのか」

まだいるのかはねーだろう。そう思ったら、ランランの尻尾が止まった。

「ソラ、消えちゃった」泣きそうな声でチーが言った。

「バーカ、おまえのせいだろうが」

健太にやつあたりしながら紫色のイルミネーションに彩られた道を歩いた。

「でもさ、すごくね？　日が暮れてもいられたってことは、明日はもっと長くいられるかもしんねーし」

「うん。いいほうに考えて、せっかくだから下見しよう。私初めてなんだ、雪まつり」

リンが言う。

「僕も。子供の頃来たきり」

「なんで？　澤村《さわむら》んち、すぐ近くじゃね？」健太が首を傾《かし》げる。

「僕にとって夜祭りの公園って、特別イベントのダンジョンみたいなものだから」

「モンスター出まくりってこと？　俺見てみてー！　それじゃ今もいるのか？」

「なんとなく怪《あや》しいのは……」チーがチラチラと目を泳がした。

「どこどこ？　教えてくれ」

「私にも教えて」ルンルンもそれに乗っかり、「絶対いやだ」と、言い張るチーを引っ張っていった。

俺はなんとなくリンと並んで歩いた。

「こんなだったんだな。雪まつりって」

「どういうこと？」

「いや、黒石《くろいし》に移った次の年、家族サービスのつもりかオヤジが連れてきてくれたんだけど、すぐにはぐれそうになるガキ達を捕まえるのに必死で、ガキどもうぜぇって記憶しかねーから」

リンの横顔が少し笑った。やたらキラキラした城址公園はなんだか照れくさくて、雪まつりの記憶が、ガキどもからリンの横顔に書き換えられそうだ。

二日目はリンが家の都合でパス。ルンルンも来られなくて、俺とチーと健太の三人だった。女の子がいなくてつまらないと言っていたソラは、日暮れとともに消えた。三日目の土曜日は、おふくろにガキどもの世話を頼まれて、俺が不参加。ソラは日が暮れてもずいぶん長い間とどまっていたが、人混みで迷子になり、それきり消えたらしい。そしてついに最終日。その日はルンルンと健太がパスし、元のメンバーが揃《そろ》った。

もう無理かなと思い始めていた。それならそれでソラと一緒の祭りを楽しもうとみんなで話した。

ソラが現れるのを待って、俺達は本丸広場を降り、錦絵の大回廊を抜けていった。ちょうど石垣のプロジェクションマッピングが始まり、俺達はその前で立ち止まった。

石垣がピンク色に染まり、あたり一面が春に変わる。「うわ〜」と客の間から声が上がり、リンは「綺麗……」と言ったきり、その光景に見入っていた。

ソラもたぶん、こうやって見ているんだろう。

「ソラが、『こんなの初めて見た』って、言ってる」

それからもう一度チーは顔を動かし、え？　と目を見開いた。

「ソラが……『一緒に見たかったな』って」

「もしかして、思い出したの？」

「わからないけど、あっ」

チーが急に歩き出した。「ソラ、ここ歩いたことあるって」

緊張が一気に高まる。チーは雪灯籠の並ぶ道をずんずん進んでいく。橋を渡って蓮池のほうに向かうと、明かりが灯された小さなかまくらが並んでいるのが見えた。

「すげー」思わず声が出た。

「綺麗だけど、怖くない？　ばあちゃんが言っていた生と死の境が、ここにあるみたいで」

闇の中に灯されたたくさんの明かりを見ながらリンが呟いた。

たぶん、見えすぎるチーには耐えがたい光景なんだと思う。怯《おび》えた顔で、俺の袖をギュッと掴んだ。

「ソラが、『ここ覚えてる』って、ジッと自分の左側を見ているんだけど」

「誰かが見えているのか？」

「わかんないけど……あっ……」

チーの足がどんどん速くなる。「記憶をたどりながら歩いているみたい」

ともかくあとをついて行った。お祭りイベントの一つである雪明かり会場の幻想的な光の中をソラに従って抜けていく。本部のある広場に近づくと一気に人が増えて、動くのが難しくなった。

「ソラ、待ってよ！」チーが叫んだ。

「どうした？」

「人が多くて……」

チーは、人混みに関係なく進んでいくソラに追いつけず、見失ってしまったようだ。

くそっ、霊能犬ランランを連れて来ればよかった。

「また昨日みたいに、このまま消えちゃうってこと？」リンが悔しそうに言うと、不意にチーが立ち止まった。

いたのか？　と言いかけた言葉を止めた。チーの前にいたのは、チーの天敵、澤村義孝《よしたか》だった。

ジッとチーを見据えている。なんで年下の従弟《いとこ》にこんな表情を向けられるんだろう。冷ややかな、憎しみさえ感じるような目だった。

「なぜおまえがここにいる」

「あ、あの、お祭りだから」見る見る萎縮《いしゅく》していくチーを見て、俺はその前に立った。

「俺が誘ったんっす」

するとリンが口を開く。止めようとしたが遅かった。

「千尋《ちひろ》がお祭りに来ちゃいけないんですか。名家の跡取りだからって、どうしていつもそんな態度が取れるんですか？」

澤村義孝はリンを凝視し、そして言った。

「友達だかなんだか知らんが、澤村家のことに口を挟むな」

「でも……！」リンの声をチーが遮った。

「リン、いいんだ。僕のことはいいから」

「あの……澤村さん、会場の準備ができましたけど」

祭りの係員らしき人がやってきて、恐る恐る澤村義孝に声をかけた。彼は「ああ……」と頷いて、チーを一瞥《いちべつ》し、イベント会場のほうへ去っていった。

「大丈夫か？」

「うん。あんなの十レベル以下の攻撃だから、全然平気」

「何レベルまであるのよ?」

「マックス百」

「死ぬな」

イベントが始まり、司会者が澤村義孝を紹介した。何かの代表で挨拶をするらしい。

「仕事で来てたんだ。おかしいと思った」

チーがふくれっ面で言った。

「なんで?」

「お祭りに来るような人じゃないから」

「あんなヤツ放っておいて、ソラを捜《さが》そう」

澤村義孝の声から逃げるように、背を向け歩き出そうとした時だった。チーが目を見開き、立ち止まった。

「ソラ……」

「いたのか?」

チーはそれには答えず、「え?」と、戸惑った顔をした。

「ソラ、どうしたの? ダメだよ、そんなこと言っちゃ!」チーの声が大きくなる。

「チー、何があった?」

「ソラなんて言ってるの？」

マイクを通した澤村義孝の声がかすかに流れ、祭り客が拍手をした。

「どうして……⁉」

チーの叫び声が、続いて鳴った太鼓《たいこ》の音にかき消された。俺とリンは何が起きているのかもわからず、ただチーを見ていた。チーが泣きそうな顔で言った。

「ソラ、消えちゃった」

桐岡美鈴

ソラが消えた。

お祭りの最終日から一週間、私達は東屋《あずまや》に通い続けたけれど、ソラを見つけたチーが嬉《うれ》しそうに顔を上げることも、ランランが尻尾を振ることもなく、真っ白な時間だけが過ぎていった。

チーから聞き出した、消える前のソラの言葉を何度も検証した。

『私わかっちゃった。全部思い出した』

『私間違っていた。私ひどいことした』

『どうしよう……私、どうすればいいんだろう』

今までのソラからは聞いたことのない、辛《つら》そうな言葉の意味を、チーは必死で訊《き》こうとした。でも、

『ごめんね、チー君。ごめんね、みんな』

そう言って、ソラは消えた。

ソラが思い出した事実は、姿を消さなきゃならないほど耐えられないものだったのか。

チーは憔悴《しょうすい》しきって、雪花《ゆきばな》で健太《けんた》やルンルンがバカ話をしていても、視線を宙に彷徨《さまよ》わせていた。

「大丈夫、ソラは必ず戻って来る。そして、私達に真実を知らせてくれるから」

チーに向けた言葉は、自分に言い聞かせる言葉でもあった。でも、確証なんてまるでなくて、心のどこかでソラはもう戻って来ないかも……、と不安に思う自分がいる。

雪花をあとにし、リーダーと二人で駅への道をたどる。自然とソラの話になる。

「間違っていたって、なんのことだ?」

「さあね」

リーダーが前髪をかき上げる。結局私達はソラのこと何一つわかっていない。

見えないソラの相手、わからないソラの正体。色々なことがもやもやしたままなのに、何をしていいのかもわからない。

気まずいまましばらく歩く。ビーというＬＩＮＥ《ライン》の着信音に救われた。

「チーかな」スマホを取りだしたリーダーは、「やべっ……」と、スマホ画面を私に向けた。雑賀未来《さいかみく》からだった。

［チー君の初恋の人のこと、何かわかった？］

何度か同じようなＬＩＮＥが来ていたのは聞いていた。気にしてくれてるのだろう……とは思うけど、嘘《うそ》をついて絵を描いてもらった手前、あまり気にされても逆に困る。

「まだだって打つしかねーか」

「ちょっと待って」

途中まで文字を打ち込んだリーダーを止めて、私は自分のスマホから雑賀未来にＬＩＮＥ通話した。

『あ、リンちゃん！　もしかしてリーダーと一緒？』雑賀未来の元気な声が聞こえた。

「うん。実はチー、失恋したんだ。初恋の子、彼氏がいたみたい」

リーダーが「おまえなー」という顔で私を見た。ジロッと睨《にら》み返す。どっちも嘘じゃない。状況は全然違うけど。

『そうか、チー君、残念だったね』

「チー落ち込んでるから、触れないであげてくれる？」

『うん、わかった。実はね、帰ってからもあの絵のことが気になって。知ってる人にすごく似てたから』

え……、何それ!?　もしかして、それで気にしてたってわけ？

「似てる人って、誰？」動揺を悟られないように訊いた。

『私の身内なんだ。しつこく訊いてごめんって、リーダーに謝っておいてね。チー君には悪いけど、これですっきりした』

「あの、その身内の人って、そんなにあの絵に似てるの？」

生きてる？　とは訊けず、そう尋《たず》ねた。

『ええとね……似てるといってもあの絵よりかなり年上で、今二十八かな。私のおばさんなんだけど』

なんだ……。ドッと力が抜けた。

『絵、完成したら写真送るね』

「うん。よろしく」

ソラのために頼んだ岩木山《いわきさん》の絵の写真を、ソラに見せることができるのだろうか。

電話を切ろうとした時、スマホから声が聞こえた。

『あ、……ちょっと訊いていいかな』

「何？」

『澤村《さわむら》の坊ちゃんって知ってる？　その辺じゃ有名な家の息子さんらしいんだけど』

「澤村って、チーがその澤村だけど」

電話の向こうで『ええ!?』と、驚く声が聞こえた。

理由を訊く前に『ご、ごめん。またあとでかけなおす』一方的に通話が切られた。

何これ？

「なんだ、チーがどうかしたのか？」

私は不可解な最後の会話をリーダーに伝えた。

「なんだそれ、意味わかんねー。澤村の坊ちゃんって、チーだよな」

「そのはずだけど……」

雑賀未来に本名は教えていなかった。出し惜しみしたわけでもなく、ＬＩＮＥでやり取りするだけなら特に必要なかったから。

「気になる。おれ、訊いてみっかな」

スマホを取りだそうとするリーダーの手を止めた。

「やめなさいよ、かけなおすって言ってんだから」

めっちゃ気になる――とぼやくリーダーの声を聞きながら、弘前駅《ひろさき》まで急いだ。

雑賀未来からＬＩＮＥ通話がきたのは、その日の夜、かなり遅くなってからだった。

『昼間はごめん。ちょっと驚いちゃって、それにどこまで話していいかわからなくて』

未来は早口でそう言って、

『実はね、チー君の初恋の人に似ている私のおばさん、もう長くないんだ……』

突然重い話が始まった。

『姫、あ、私おばさんのこと姫って呼んでるんだけど、その姫が危ないと聞いてから、おばあちゃんが、「最後に澤村の坊ちゃんに会わせてあげたい」って言いだしてね。誰それ？って訊いたら、姫が高校時代つき合ってた人だって』

「ちょ、ちょっと待って。澤村の坊ちゃんて……」

『名前は聞いてないけど、本家の坊ちゃんだって』

澤村義孝《よしたか》だ！　未来は私の動揺に気づかぬまま話を続けた。

『今さら無理だっておばあちゃんには言ったんだけど、なんだか気になって、リンちゃん知ってるかな？　くらいの気持ちで訊いたんだけど、チー君の家だって聞いて、パニくっちゃって』

私だってパニくってる。それを必死に抑え、未来に訊いた。

「それで、その姫も会いたがってるの？　その本家の坊ちゃんに」

『それが……』未来は躊躇《ためら》ったように一度口をつぐんで、言った。

『言いにくいんだけど、姫って、十年くらい前に脳腫瘍《のうしゅよう》の手術をして、それからずっと昏《こん》睡《すい》状態なんだ。だから、会わせてもしょうがないって言ったんだけど、おばあちゃんがどうしてもって……』

聞いた瞬間、体中に電流が走ったみたいに、ゾクッとした。……脳の手術——記憶喪失《そうしつ》。十年前から止まっている時間。澤村義孝……何、これ？

『それでね……もしもし、あれ聞こえてる？』

未来の声を遠くに聞きながら必死で頭の中を整理し、冷静を保つ。

「その、姫の昔の写真とかないかな？」

『なんで？』と訝《いぶか》しげな声が返ってくる。

「あ、澤村の坊ちゃんはチーの天敵で、その元カノがどんな人かなと思って……」

下手《へた》な嘘だ。一つの嘘を隠すために、どんどん嘘が増えていく。未来はそんな私の言葉を素直に信じた。

『そうなの？　場合によっちゃチー君に頼もうと思ったのに、無理っぽいね』

そうぼやいてから写真は捜索中だと言った。今度のことで未来も探したけど、昔の写真を見るとおばあちゃんが泣くからと隠したまま、まだ見つかってないそうだ。

「あ、どうしてもってわけじゃないから。なんとなく気になっただけで」

『ううん。見つかったら送るね』

よろしく……。そう言って通話を切る。

――なんなのこれ……。


ガチャ……と、鍵の音がして、漸《ようや》く我に返る。いつの間にか母さんが帰ってくる時間になっていた。握りしめていたスマホがうっすら汗ばんでいる。明日にしよう。そう決めてベッドに入る。やっぱり眠れない。


翌日もソラは東屋に現れなかった。

私はチーとリーダーを雪花に引っ張っていき、昨日のいきさつを話した。

二人は何それ？　とでも言いたげな顔で沈黙した。

「どう思う？」

「どうって、なんでここで義孝さんが出てくるの？　元彼とか、昏睡状態とか、二十八歳とか、急に言われても、なんのことかわかんないよ」

混乱した様子で、チーが顔を曇《くも》らせた。庇《かば》うようにリーダーが言う。

「リンは、その姫とかがソラの可能性があるって言うのか？　ありえねーだろ？　昏睡状態とはいえ、その姫って生きてるんだろ？」

「生霊って知ってる？　源氏物語に出てきたでしょ。六条《ろくじょう》の御息所《みやすどころ》」

リーダーはムッとして口をつぐんだ。

「なんか生霊って幽霊より怖い気がするんだけど」

「そんなこと言うけど、チーがこの世のものじゃないと思っていたモノの幾つかは、生霊だったかもしれないわよ」

や、やめてよとチーが怯《おび》えた。二人とも、この話から逃げたがっているように見える。

そんな二人の態度を見てたら、私も揺らいできた。

「その姫の昔の写真、手に入らないか？」

「見つからないんだって。一応頼んでおいたけど当てにしてられないし、私達も探してみたほうがいいかもしれない。澤村義孝の元カノならできなくはないでしょ」

そう言ってチーを見ると、彼は表情をこわばらせた。

「ま、まさか、魔王から借りるなんてぜったい無理！　好きな人がいたかって訊いただけで、ひっぱたかれたんだから」

「まさか、暴力？　あんたいつもそんなことされてるの？」

「ううん。手が出てきたのは初めてだったから、本当にびっくりしたんだ。元カノの話なんてしたら、今度こそ最終兵器で木《こ》っ端微塵《ぱみじん》にされる」

「だったらバレなきゃよくね？」リーダーが言うとチーの顔がギクッと固まった。

その翌日、絶対ダメだと言い張るチーをなだめすかして、津軽《つがる》の歴史書を見せてもらう名目で澤村本家に入ることに成功した。義孝の部屋に入るのはさすがに無理だけど、歴史書が置かれていた書斎には、澤村一族それぞれのアルバムが置かれていた。

「チー、ちいせー」チーの二、三歳くらいの写真があった。チーは恥《は》ずかしがりながら、

「この頃は幽霊と人間の区別がつかなくて、一緒に遊んだり、遊んでもらったりしてた記憶があるんだ。前に話した小さな女の子の他にも、おばあちゃんやいい感じのお兄さんや、優しいお姉さんとかもいた気がする……」

「それマジ幽霊か？」リーダーが言う。

「たぶん。みんな急に消えちゃったから」

「怖《こ》ええ」

アルバムにあった無邪気なチーの笑顔は、成長するたびに暗く沈んでいった。

澤村義孝の写真は、証明写真みたいにどれも表情がなかった。中学時代は、危うい感じがする物憂げな美少年という感じだけど、まっすぐカメラを見据えた写真からは何の感情

もうかがえない。でも、次のページをめくって、ドクン……と胸が鳴った気がした。

高校時代の家族写真。これまでとは別人みたい。なんだろう……この感じ。笑顔こそ浮かべてないいけど、今までと雰囲気が違う。ふわっと……、優しい感じがした。

姫らしき人の写真は見当たらない。別に保存しているのかもしれないけど、高校時代の友達と写した写真の中にも、見事に一枚も写っていなかった。

廊下から声が聞こえ、私達はハッと顔を上げた。写真を見るのに夢中になっているうちに、かなり時間が経《た》っていた。

「義孝さんだ！」チーが慌てて義孝のアルバムを閉じた時、ドアが開いた。

「ここで何してる」義孝の声が、静まり返った書斎に低く響いた。

「津軽の歴史書を見たくて……」言いながら、チーはアルバムを後ろ手に隠した。

義孝がチラッと私とリーダーを見た。お邪魔していますと、下げた頭を上げた時、彼の後ろに女の人の姿が見えた。

「従弟《いとこ》の千尋《ちひろ》だ」義孝が後ろの女性に言った。次にチーに向かって、「橘志保《たちばなしほ》さんだ」と紹介した。婚約者だろうか。それにしては義孝の顔は、冷たい。

「あなたが千尋君？　高校生って聞いたけど、中学生みたい。小さくて可愛《かわい》いのね」

志保はチーが一番言ってほしくない言葉を連発した挙句《あげく》、後ろ手に隠しているアルバムに気づき、「それ、義孝さんのアルバム？　見せて」と、手を出した。

義孝の視線がチーをロックオンした。

「何を見ていた」

「別に何も……」チーは誤魔化《ごまか》したけど、義孝は志保が受け取ろうとしたアルバムを取り上げ、バン！　と床に置くと、「勝手な真似するな！」と言って出ていった。

志保は、今何が起きたかもわからない様子でポカーンとしていたけど、私達の視線を感じ、慌てて義孝を追っていった。

「何あれ？」

「マジ、結婚すんのか？　ていうか、今からあんな調子で結婚生活保つのか？」

「僕に訊かないでよ」

高校時代の面影もない。あんな優しそうな顔をしていた人が、どうしたら今みたいな冷たい表情になるんだろう。

「ねえチー、義孝さんが高校生の時のこと覚えてない？」

「え、僕三歳くらいだよ。覚えてるわけないじゃない」チーが言う。心がざわざわする。

義孝の異常な態度と、高校の頃の写真。

そして、思い出した。雪まつりの最終日。マイクを通して聞こえた義孝の声。

その直後にソラは言ったんだ。『私、間違ってた。私ひどいことした』と……。

「私……、やっぱりソラは姫なんだと思う」リーダーにだけ聞こえるように言った。

「マジ？」リーダーの声が返ってきた。

確証が必要だった。一枚の写真、それだけでいいんだ。

義孝から写真をたどるのは諦《あきら》め、私達は、十年前の南高《みなみこう》の卒業アルバム探しに焦点を絞った。でも卒業生のことを調べるのは個人情報保護法に阻《はば》まれて行き止まりになるし、ダメ元で向かった図書館も空振り。進展がないまま数日が過ぎた。

その日は天気がよくて、雪まつりの雪像がすっかり取り払われた城址公園に、健太や霊能犬ランランをつれたルンルンも集まった。

ルンルンはランランを使ってソラの捜索を続けていて、絶対見つけると息巻いてたけど、これといった成果はない。ソラが消えて十日が過ぎていた。

「陸上部の先輩の先輩に先輩を紹介してもらって、その先輩を紹介してもらったけど地元にいなくてさ、別の先輩の先輩は六年前までしか見つからないし、その先輩の……」

「もういいって」リーダーが健太を止めた。

「先輩か……誰か知らねー？　十年前の南高卒業生……」そう呟いていたリーダーが、突然アッと声を上げた。

「健太、南高の総体優勝って、いつだっけ」

健太がハッと息を呑む。

「雪花のマスターか？　やべぇ、確か十年くらい前じゃね？　優勝したの」

「だよな」

「バカ、なんで早く気づかないのよ！」

私達はすぐに雪花に向かった。

チーは終始無言で、不機嫌な顔を隠そうともしない。ソラがどこの誰でも構わないけど、義孝さんの元カノというのだけは許せないみたいだ。

自然と早足になる。五人と一匹の集団はいつもより格段の速さで雪花に到着した。

「ど、どうしたの？」カウンターの中にいた店長が、私達を見てギョッとした。無理もない、息を切らした五人と一匹が一斉に店長を見つめているのだから。

「店長が南高卒業したのって何年前っすか⁉」

カウンター席に座りながらリーダーが言った。私達もその横に並んで座る。

「何、急に。ええと十年くらい前だけど」

「正確に言って！」思わず言うと、店長はびくつきながら計算し、

「あっ、まだ十年経ってないや。九年だ」と言った。

姫と同じ学年ではないけれど、ここから手がかりが摑《つか》めるかもしれない。私達はそれぞれ飲み物を注文して、聞き込みを続ける。

「先輩、一学年上に知り合いいないっすか？」リーダーが訊いた。店長はコーヒーを淹《い》れながら、「澤村家に先輩がいるけど……」と、言葉を濁した。また澤村義孝に戻ったみたいだ。

「その澤村家の先輩に彼女がいたって知ってるっすか？」

「知ってるも何も、琴葉《ことは》先輩だろ」

——え？

みんなが固まり、マスターを凝視した。マスターは私達の反応に気づかず、世間話みたいに続けた。

「もう時効だから言っちゃうけど、オレ、憧れてたんだ。いずれは澤村先輩と一緒になるのかと思ってたら東京《とうきょう》に行っちゃったみたいで、なんだかなーと思った」

そこまで言って、マスターは私達の視線に気づき、

「え、何？」

ビクッとして言った。

「写真とかありませんか？　その、琴葉先輩の」

思わず身を乗り出して訊いた。

「あそこに一緒に写ってるけど。生徒会長と副会長だったから」

店長がおずおずと、総体の優勝写真を示した。

争うように写真を見た私達は、その最後列に、さわやかな笑顔の高校時代の澤村義孝と、ニコニコと笑顔を浮かべた、似顔絵によく似た女の子を見つけた。

「ソラだ……」

チーがぽつんと言った。

彼女の名前は一ノ瀬《いちのせ》琴葉。ついに私達はソラにたどり着いた。


雪花を出たあと、私達は解散する気にもなれず、ただ町を歩き続けた。

「これからどうしようか」独り言みたいに呟いた言葉にチーが反応する。

「どうするって、どうしようもないよ……僕が知っているソラは、明るくて元気な……幽霊だけど、岩木山に向かって叫ぶような女の子で……昏睡状態で眠っている二十八歳の人なんて知らないし、義孝さんの元カノだなんて、考えられないもの」

いつもはうるさい健太とルンルンも押し黙ったままで、進むべき方向が見つからない。

タイミングがいいのか悪いのか、私達のスマホが一斉に鳴った。雑賀未来からだ。

LINEを開くと、［写真見つかった］というメッセージと、集合写真よりもっと鮮明な、高校生の義孝とソラが幸せそうに並んでいる写真があった。

「なになに？」健太とルンルンが画面を覗き込んだ。

「これソラだよね。なんか、泣きそう」ルンルンが言って、ランランがウォ〜ンと鳴く。

［若い頃の姫の写真、チー君の初恋の人にすごい似てない？　私の絵のせいかな。横にいるのが澤村の坊ちゃんだって。チー君の従兄《いとこ》だよね？　色々不思議。この写真見て私も最後に姫に彼を会わせてあげたくなっちゃった。無理だろうけど］

メールには、そう書かれていた。

「どうすっかな……」リーダーが空を仰いだ。

「私、雑賀未来に本当のこと話してみようかと思う」思わず言っていた。

「ソラのことを話す気か？」

「うん。これ以上嘘を重ねるより、お互いに全部ぶっちゃけたほうがいい気がする。チーも、いいよね……！」

有無を言わさない勢いで言ったら、チーは怯えた顔をして、小さく頷いた。

その夜、私は未来にすべてを話した。岩木山が大好きな記憶喪失の幽霊少女との出会いから、身元捜しを始めたいきさつ。ソラと名づけた幽霊少女の記憶が蘇《よみがえ》り、同時に姿を消したこと。そして、姫がソラだったこと――。

「何それ？」「なんで？」「それ本当？」いちいち返って来る彼女の質問に答えていたら、夜が明けていた。不思議と眠さは感じないけど、イヤホンをつけてた耳が痛い。

放課後集合した雪花のボックス席で、チーとリーダーに報告をした。

「雑賀未来、納得したのか？」リーダーが訊いた。

「戸惑っていたけど、わかってくれたと思う。改めて連絡するって」

ＬＩＮＥを確認しようとしたら、三人同時に着信音が鳴った。私達は一度顔を見合わせ、一斉に画面を開いた。

［頼みがあるの］

スタンプも顔文字もない一言が吹き出しにあって、続けて別の吹き出しに、

［澤村義孝さんを、東京に連れてきて］

とあった。

「無理じゃね？」固まったチーの代わりにリーダーが言った。

続けてメッセージが届く。

［あまり時間がないと思う］

その文字を見て、胸がドクンと鳴った。すぐに答えが出せるわけもなく、［あとで返事する］と返信する。私はチーに尋ねた。

「どうする？」

「どうするって、絶対無理だよ。連れて行く前に、僕が魔王に食われちゃうよ。ただでさえ結婚が決まってから、ギスギスしてて、すれ違うのさえ怖いのに……」

「私は、会わせるべきだと思う」

「今さらどうすんだよ。元気でいるならともかく、わざわざ別れた元カノが死ぬところを見に行けとでもいうのか？」

「確かにそうだけど、でも、このままじゃいけない気がする」

「どうして？」

チーに訊かれて、私はずっと胸にひっかかっていたことを口にした。

「澤村義孝の高校時代の写真を見ちゃったから」

えっ……と、二人の視線が私に向く。

「嫌なヤツ、いけ好かないヤツ。そう思っていたけど、高校時代の顔を見てから、疑問がわいてきて、そして思い出したんだ。消える前のお祭り広場でのソラの言葉――私、間違っていた。私ひどいことした……。ソラはあの時、澤村義孝を見たんだと思う」

「おまえ、ソラのせいで、あいつがああなったって言うのか？」

「断言はできない。でも、二人の間に何かがあったのは確かだと思う。だから、このまま、悔いを残したまま、ソラに消えてほしくないから、乱暴かもしれないけど、ぶつけてみたい。ソラが生霊になってまで会いたかった澤村義孝に、事実を」

リーダーは二、三度前髪をかき上げ、何か言おうとして、結局言葉が見つからないのか、

「くそっ……」と一言吐き出した。

チーは、さっきからずっと下を向いたまま、口を閉ざしていた。

『私、間違ってた。私、ひどいことした……大切な人に』

それが本当のソラの言葉だった。僕は隠していたんだ。『大切な人に』という言葉を。理由なんてなかった。そんな重要なことじゃないと思ったし。ただ、ソラの口から出た大切な人っていう言葉がチクッと胸に刺さって、意識的に削除してしまったんだ。だから、リンの言っていたことはたぶん全部正しくて、ソラの大切な人は義孝《よしたか》さんで、ソラはその義孝さんに何かをしてしまったんだと思う。

悔いを残したままソラに消えてほしくないというリンの気持ちは、すごくよくわかる。僕だってそうだ。でも、それでも僕は、リンの意見に賛成できずにいた。

夕ご飯を食べ終わった頃に、未来《みく》ちゃんからＬＩＮＥ《ライン》通話の着信があった。僕はずっと迷っていて、着信音が止まるまでスマホの画面を見つめていた。

「出ないの？」台所の片づけをしながら母さんが言った。

「……イタ電みたいだから」

　母さんは「そう」と言って、思い出したみたいにつけ加えた。

「義孝さん、次の日曜日、結納ですって」

　義孝さんの名前が出てドキッとした。

「母さんも出るの？」

「まさか。お爺《じい》様と本家だけですませて、顔合わせは別にするみたい」

「お爺様こっちに来るんだ。僕、隠れていよう」

　言いながら、スマホを手に部屋に戻った。

　澤村《さわむら》家は、義孝さんのお父さんと僕の父さんの間に二人兄弟がいて、それぞれが独立して事業を営んでいた。従兄弟《いとこ》なんかは全員揃《そろ》うとかなりの数になる。お爺様が決めた義孝さんの結婚式は、義孝さんがその澤村家の当主となるお披露目《ひろめ》の場として、かなり盛大になると思うけど、この一族の家督を継ぐって、すごく大変だと改めて思う。

　本家に生まれなくてよかった……そう思った時、思い出した。南高《みなみこう》から戻った時の義孝さんの言葉。「おまえはいいな。本家に生まれなくて――」あの時は聞き間違いかと思ったけど、もしかして本当にそう言ったのかな？

またスマホが鳴った。僕はこれ以上無視できなくて、仕方なくＬＩＮＥ通話を開いた。

『あ、チー君！　よかった、出てくれて』焦ったような未来ちゃんの声が聞こえた。

『あのね、私、明日そっち行くから』

え？

『姫が危篤《きとく》なの。病室で苦しんでいる姫を見ながら、どうしてもその、義孝さんを連れてきてあげたいって思って。だからダメ元で直談判に行く。お願い、力を貸して！』

スマホの向こうから、必死な声が聞こえてきた。

僕は黙っていた。そうしたら、また未来ちゃんの声が聞こえた。

『できること、なんでもしてあげたいんだ。だって姫、十年間も苦しんだんだもん』

僕は、ようやく決心して、「うん。わかった」って、言った。

そうだ。ソラをあの絶望的な顔のまま、終わらせちゃいけないんだ！


翌日の金曜日、未来ちゃんは僕達の授業が終わる頃に時間を合わせ、城址《じょうし》公園にやってきた。昨日のうちにリンがみんなに知らせてくれたから、健太《けんた》君も、ルンルンも、霊能犬ランランも揃っていて、僕達にエールを送ってくれた。

「魔王と直接対決か！　俺、こっから念力送るから」健太君が言った。

「おまえ、変な念力送るな、チーが変態になったらどーする」

「や、やめてよリーダー、恥《は》ずかしいから」

僕達のやり取りを見て、未来ちゃんがくすっと笑う。それから本丸《ほんまる》広場を見渡して、

「ここに、姫、毎日来てたんだね……」と、目を細めて呟いた。

それから僕達は、義孝さんの事務所に向かった。

昨日のうちに、義孝さんを東京《とうきょう》に連れて行く方法を話し合った。病床の元カノが会いたがっていると言って、とにかく東京に連れて行こうとか、乱暴な意見も出たけど、結局僕達が決めたのは、「ソラのことも含めて全部話す」ということだった。幽霊が見えることを明かして失敗したら、僕はどうなるかわからないけど、ソラの存在が僕達を動かしているとしたら、話さないわけにはいかないから。

「なんでもいいからアポ取って！」今朝、リンに脅迫されて、秘書の人に「緊急の用件で会いたい」と、伝えてもらっていた。

「ここ」

義孝さんの事務所前で立ち止まると、みんな一斉に、その窓を見上げた。

「よし、いくぞ」リーダーが言って、みんな一斉に頷《うなず》いた。本当に出撃するみたいだ。

決心したはずなのに、エレベーターに乗ろうとした時には、もう逃げ出したくなってい

た。リーダーとリンに両腕を取り押さえられなかったら、本当に逃げていたかもしれない。

「俺達がついてる」リーダーに言われて、また覚悟を決めた。


義孝さんは来客中で、僕達は秘書の女の人に言われて、フロアの椅子に座って待った。

机には婚約パーティの招待状が山積みになっていた。プライベートであるはずの結婚も、
義孝さんにとっては仕事の一部なんだと思った。

「あっさり追い返されたりしてな」リーダーが心配そうに前髪をかき上げた。

「そんなことにはならない。死ぬ時は魔王も道づれにする」とリンが返す。

「バトルかよ!」

「大丈夫、最終兵器《私》が、ついてるから」

未来ちゃんがガッツポーズをした。いざとなると女の子のほうがたくましいみたいだ。

前のお客さんが奥の部屋から出て来て、僕達は秘書に案内され、中に入った。

義孝さんはチラッと僕達を見て、パソコンを操作しながら言った。

「なんだか知らんが、すぐに出るから手短にしてくれ」

「先日の書斎でのことですけど」リンは一度言葉を切ってから、一気に言った。

「私達、津軽《つがる》の歴史を調べていたんじゃなくて、義孝さんの元カノの写真、探してました」

義孝さんの手が止まった。そして、怪訝《けげん》そうに顔を上げた。

「なんて、言った」

「一ノ瀬琴葉《いちのせことは》……」

リンのその一言で、義孝さんが固まった。一瞬見せたその顔は、今まで見たことのないような、無防備な顔だった。そして義孝さんは、僕を見て、「覚えていたのか?」と訊《き》いた。

いきなり話を振られ、「何を?」って訊くと、義孝さんは深いため息をついて立ち上がった。

もう元の魔王の顔だった。そしてその魔王の顔で、ジロッと僕達を見た。

「どういうつもりか知らないが、彼女の話なら聞く気はない。帰ってくれ」

「僕、城址公園で、記憶をなくした女の子の幽霊に会って、その子に頼まれて、身元調べをしていたんだ」

義孝さんの顔つきが変わっていくのがわかった。

「本当に頭がおかしくなったのか、自分が何言ってるか、わかってるのか!」

「本当なんだ!」怯《ひる》んだ僕の代わりにリーダーが言った。

「俺も最初は信じられなかった。でも、だんだん信じるようになって、一緒に身元捜《さが》しを始めた。そして、ようやくたどり着いた幽霊の正体が、一ノ瀬琴葉だった」

義孝さんは一瞬顔を歪《ゆが》め、僕達をジッと睨《にら》んで言った。

「琴……一ノ瀬琴葉が死んだとでもいうのか」

僕達は一瞬ためらった。なんて説明していいかわからない。そうしたら、最終兵器、未来ちゃんが言った。

「病院にいるんです。意識不明で！」

義孝さんは初めて未来ちゃんの存在に気づいたように顔を向けた。

「私、姫、ううん、琴葉ちゃんの姪《めい》です。雑賀《さいか》未来って言います。今琴葉ちゃん、危ない状態で……。おばあちゃん、会ったことありますよね？　弘前《ひろさき》に住んでいた琴葉ちゃんのお母さん。そのおばあちゃんが、どうしても最後に澤村の坊ちゃんに会わせてあげたいって……それで頼みに来たんです。最後に一目、琴葉ちゃんに会ってあげてくれませんか」

義孝さんの目から一瞬険しさが消え、その目が宙を彷徨《さまよ》った。

「もう関係ない。今さら会ってどうする」吐き出すように言ったその声が震えていた。

「関係なくないよ！　琴葉さんは記憶をなくしても、義孝さんに会いたくて城址公園に来ていた。いつも一緒にいたのって義孝さんでしょ。お祭りに一緒に行ったのも、そうでしょ？」

「おまえはさっきから何を言ってるんだ！」

義孝さんが大きな声を上げた。一瞬空気が凍る。タクシーの到着を知らせにきた秘書が、驚いて出ていくのが見えた。そんな中、リンが静かに言った。

「混乱するのは無理もないけど、どれも本当です。千尋《ちひろ》には霊が見える。琴葉さんは千尋と出会うことで記憶を取り戻し、そして、義孝さんを見て、すごく悔やんでいました。信じられないと思うけど、私達がわざわざ琴葉さんの姪御さんを連れてきてまで、そんな嘘《うそ》つくと思いますか？」

「霊って……、琴葉は病院で寝ているんじゃないのか？」

「彼女の時間は十八歳のまま止まっているんです。成功率の低い脳腫瘍《のうしゅよう》の手術を受けて、そのまま昏睡《こんすい》状態で……だから記憶も失って、十八歳のままの姿で、魂だけ弘前に戻ってきたんだと、私は思っています」

「十八……？」そう言った瞬間、義孝さんの、体を覆っていた鎧《よろい》がバラバラって外れた気がした。

「お願いです。東京に来てください。最後に、琴葉ちゃんに会ってあげてください！」

未来ちゃんが必死な声を上げた。

義孝さんは立ちすくんだままだった。その間に何を考えていたかわからないけど、しばらくして僕に言った。「家に電話して、急用で東京に行くと伝えてくれ」と。

そして、「おまえも行くんだ」とつけ加えた。


事務所でリーダーとリンと別れた僕達は、秘書が待たせていたタクシーで、そのまま新《しん》青森《あおもり》駅へ向かった。

新幹線に乗り込み、僕と未来ちゃんは並んで座り、通路を隔てて義孝さんが座った。

義孝さんは、あれからずっと怖い顔をしたままで、一度も口を開かなかった。

未来ちゃんは姫の容態が気になるみたいで、頻繁《ひんぱん》にお母さんとＬＩＮＥのやり取りをしては、「姫、頑張《がんば》って……」と独り言みたいに呟いた。

「あの……なんで姫って呼んでるの？」訊いたら未来ちゃんは、「眠り姫みたいだったから」と答えた。

未来ちゃんが最初に姫に会ったのは、まだ小学校に入って間もない頃で、眠りっぱなしの綺麗なお姉さんを、おとぎ話に出てくるお姫様みたいだと思ったそうだ。

「でもね、いつまで経《た》っても起きないし、どこも見ていない目や、時々聞こえる意味不明な声とかが、だんだん気味が悪くなってきちゃって、病院に行かなくなっちゃったんだ。けど、中学二年くらいかな……たまたま覗いた時に、数年前と同じまま眠っている姫を見て、なんだかすごく悲しくなっちゃって……ごめんねって謝って、また通うようになった」

未来ちゃんは、泣きそうだった顔を笑顔に変えて言った。

「秘密の話を姫だけにしたり、絵のモデルになってもらったりしてね」

琴葉さんの容態が急変したのは三学期が始まって間もない頃だって未来ちゃんが言った。もう長くは保たない、お母さんから言われたらしい。ソラが現れたのもその頃だった。

東京駅に到着した時は、午後十一時を過ぎていた。未来ちゃんに言われるまま電車に乗り、中野《なかの》という駅で降りてタクシーに乗った。直前にお母さんから来たＬＩＮＥが深刻だったみたいで、未来ちゃんは「急いでください」と何度も運転手さんを急《せ》かしていた。義孝さんは相変わらず、言葉をなくしたみたいに口をきこうとしなかった。

「こっち！」

タクシーが到着すると同時に、未来ちゃんは常夜灯のついた病院の裏口に、僕と義孝さんを案内した。薄明かりを頼りに階段を登った。

「あ、お母さん！」

僕達の到着を待っていたらしく、すぐに未来ちゃんのお母さんが出てきた。未来ちゃんを見て頷く。間に合ったみたいだ。

未来ちゃんは奥の部屋まで走って、「姫！」と、ドアを開けた。

最初にベッドが見えた。色々な機械と、白衣を着た人や未来ちゃんのおばあちゃんらしき人。そしてその隙間から、色々なチューブをつけられた女の人が、残っていた最後の力を振り絞るみたいに、顎を動かし、喘《あえ》ぐように息をしているのが見えた。

「この人がソラ……？」

そんなわけないと思った。あの元気で明るいソラが、この人のわけない……。

義孝さんは入口で立ち止まったまま、バリアーに阻《はば》まれているみたいに、動こうとしなかった。気づいた未来ちゃんのおばあちゃん――琴葉さんのお母さんらしき人が来て、義孝さんに頭を下げた。

「坊ちゃん……本当に……こんなところまで、よく来てくれました……」

「どういうことですか？」

声をかけられた義孝さんは、ようやく震えるような声を出した。

「留学するって、お父さんが費用だしてくれるって、そうじゃなかったんですか。弘前から飛び出して、楽しく過ごしていたんじゃなかったんですか？」

お母さんは、「琴葉がそう言ったんですか？」と訊いてから、

「脳腫瘍が見つかって、別れた父親の病院で世話になることにしたんです。弘前を離れてすぐ手術して、そのままずっと……」そう言って、ベッドのほうを見た。つられてベッドのほうに目を移した義孝さんは、途方に暮れたような顔をした。

「お別れをしてあげてください」

傍《そば》で容態を見ていた年配の男の人が、顔を上げて言った。目に涙を浮かべている。たぶん、この人が琴葉さんのお父さんなんだろう。

琴葉さんのお母さんとお姉さん——未来ちゃんのお母さんが、それぞれ姫に声をかけた。

「姫、話聞いてくれて……モデルになってくれてありがとう……」

そこまで言って未来ちゃんは、何も言えなくなって、琴葉さんの手を握った。

「君も……」と促されて、僕は琴葉さんに近づいた。でも、やっぱりこの人は、僕の知っているソラじゃなくて、この人に何をしてあげたらいいんだろう……と思いながら、何も口に出すことができなくて、ただお辞儀《じぎ》をしてそこを離れた。

「坊ちゃんも……」と、琴葉さんのお母さんが義孝さんを促した。

義孝さんはベッドに近寄ったけど、そのまま、凍りついたまま、ただ琴葉さんを見下ろしていた。琴葉さんが大きく息を吐いた。宙を彷徨っていたその目が、一瞬、義孝さんを見た気がした。そして、息を吐き終わると同時に、逝《い》った。

遺体はすぐに病院から雑賀の自宅に移された。「一緒に来てください」と、琴葉さんのお母さんに勧められて、僕達は言われるままに家に上がらせてもらった。

義孝さんの様子がおかしかった。ずっと琴葉さんの傍で俯《うつむ》いていて、お母さんが挨拶に来た時、ようやくその顔を上げた。

「話してくれませんか？　琴葉に何があったのか……」

義孝さんに訊かれて、琴葉さんのお母さんは、静かに話し始めた。

高校卒業目前に、琴葉さんの脳に腫瘍が見つかったこと。その時にはすでに大きくなっていて、危険な場所にあるその腫瘍を手術で取り除ける確率は十パーセントもなく、成功しても後遺症が残る可能性が高いと言われたこと。

お母さんは医者である父親と離婚したことを悔やんだと言った。看護師だったお母さんはお姑さんから受ける様々な圧力に耐えられなくなって、次女である琴葉さんを連れて故郷の弘前に帰ったけど、もう少し我慢していれば早く腫瘍を発見できたかもしれないと、目頭を押さえた。

病気がわかった時点でお母さんはお父さんに相談し、東京に戻ることになった。その頃は歳《とし》が離れた琴葉さんのお姉さん――未来ちゃんのお母さんが結婚して病院を継いでいて、お姑さんは隠居して別の場所で暮らしていた。

お母さんは、義孝さんのことを知っていたから、ちゃんと事実を話したほうがいいと言ったらしいけど、琴葉さんはかたくなにそれを拒んだ。

それでも危険な手術に最後の希望を託して、

「成功して元気になったら、何もなかったみたいな顔をして会いに行くから」

笑顔でそう話していたという。

義孝さんの切なげな目線が、琴葉さんに落ちた。

「でも、手術が終わっても、この子は目を覚まさなかった。そしてそのまま生き続けたのよ。私は、この子がまだ生きようと頑張っているんだと思っていたけど……ついに力尽きちゃったのね」

義孝さんが静かに口を開いた。

「ずっと思っていました。裏切られたって……。琴葉が僕に別れを告げ、姿を消した時から、ずっと……」

そして、消え入りそうな声で言った。

「すいません、少しの間、二人きりにしてもらえませんか……」

琴葉さんのお母さんは頷いて、未来ちゃんと僕の肩に手をかけた。

部屋に出ると、しばらくして、嗚咽《おえつ》が聞こえた。

悲鳴のような泣き声だった。こんな悲しそうな泣き声を、僕は初めて聞いた。

気づくと、僕の頬にも涙が伝っていた。


「あらあら、こんなところで」

誰かの声で目を覚ました。

一瞬、自分がどこにいるのかわからなかった。見慣れない天井と、見慣れない調度品。いつの間にかソファーで寝てしまったみたいだ。

「寒くなかった？　ごめんなさいね」

未来ちゃんのお母さんだった。

「大丈夫です。話をしてて、そのまま眠っちゃったみたいで」

夜中まで未来ちゃんとソラの話をしていた。その未来ちゃんが持ってきてくれたのか、毛布がかけられていた。

「あの、義孝さんは？」

「ずっと琴葉の傍にいてくれたみたい」

あのまま一度も部屋を出てきてないと、お母さんが言った。

ようやく姿を見せたのは、僕が用意してもらった朝食を食べ終わった頃だった。義孝さんは勧められた朝食を丁寧に断って、僕に「帰るぞ」と言った。未来ちゃんとお母さんとおばあちゃんは、少し休んでいくようにって止めたけど、義孝さんは、「戻ってやらなければいけないことがあるので」と、タクシーを頼んだ。

最後にもう一度だけ、二十八歳のソラに会った。十八歳のソラに会いたかった。僕はいつからか思っていたんだ。幽霊でもいいから、成仏なんてしないでずっと近くにいてほしいって。この世に彷徨う霊をずっと嫌っていた僕は、死という絶望的な隔たりがこんなに辛《つら》いなんて、思ってもいなかった。

タクシーの中でも、義孝さんは魂が抜けたみたいに、ずっとぼんやりしていた。そんな義孝さんを見るのも初めてだった。エフェクトが全部取り払われた魔王は、意外と細身で、今なら初期の武器でも攻略できそうに感じたけど、逆に、触れることもできないくらい危うく思えた。

東北新幹線の、宇都宮《うつのみや》を過ぎた頃だった。義孝さんが、突然口を開いた。

「おまえを見てると、ムカつく」

この状況で、それ言うの？　でも、続く言葉は思いもよらないものだった。

「俺に似てるから」

え……？

「そ、そんなわけないよ、僕はこんなだけど、義孝さんはなんでもできて、強くて、カッコいいのに」思わず僕は言った。

義孝さんの口元が、フッと笑った気がした。

「そうなろうとした、いや、そうなるしかなかった。澤村の跡取りとして、お爺様《じい》の期待に応えるため、敷かれたレールの上を走り続けるしか」

「そんな風に思っていたの？」

「疑問さえ抱いていなかった。でも、何をしてもつまらなかった。何もかも嫌いだった。母屋《おもや》の古い建物、お爺様、俺の顔色を見ながら近寄ってくる同級生、俺をこの町に閉じ込めようとする白い雪、そして何より、お爺様や一族の意志に逆らえない、弱い自分が一番嫌いだった」

意外だった。僕はずっと、義孝さんは澤村家の跡取りであることを誇りに思っていると信じて疑わなかったから。

「おまえを見ていると、隠していた自分の弱さを見せつけられている気持ちになった。だからムカついた。学校では、強く見せようとして周りを支配した。澤村家の力で。くだらないヤツを集めて手下にして、気に入らないヤツはそいつらに命じて排除した」

思わず義孝さんを見た。やっぱり魔王だ！

「でも、少しも気が晴れなかった。気持ちは荒んでくるばかりだった。そして中学二年の春に、東京から転校して来た琴、琴葉と出会った」

義孝さんが懐かしそうに目を細めた。

「生意気な女だった。面と向かって俺がしていたことに抗議した。ちょっと、何してんのよ！　とかいきなり言って来たりして……。そうだな、あの桐岡《きりおか》という子に、少し似ている」

「そうなの？」

「ああ、いきなり文句を言われた時、琴葉を思い出した」

義孝さんが南高に迎えに来た時だ。それで義孝さん、あのあと様子がおかしかったんだ。

「最初はムカついて、このくそ女、どうしてやろうと思った。でも、だんだんその気持ちは変わっていった。なんの裏もなく、まっすぐに気持ちをぶつけてきた人間なんて、いなかったから……。喧嘩《けんか》するのが楽しくなってきて、また会いたくなって、どんどん惹《ひ》かれていって、生きていることが、こんなワクワクすることなんだって初めて知った。閉塞感しか感じなかった雪も、好きになった。琴が俺を雪の呪縛《じゅばく》から引き出してくれた気がした」

それから、義孝さんは言った。

「話してくれないか、城址公園であったこと、すべて」

僕は「うん」と頷いて、ソラとの出会いから、リーダーを巻き込み、リンを巻き込み、未来ちゃんと出会い、だんだん琴葉さんの正体に近づいていったことを話した。

もう幽霊の話をしても義孝さんは僕を睨まなかった。ソラのエピソード一つ一つを話すたびに、目を細め、時々、「琴らしいな」と相槌《あいづち》を打った。

義孝さんと話をしていていくつかわかったこともあった。あの赤いマフラーは義孝さんの最初のプレゼントだったこと。二人の主なデート場所が放課後の城址公園だったこと。離婚して片親の琴葉さんがお爺様に悪く思われないように、時間は日暮れまでと決めていたそうだ。記憶をなくしても、ソラは律儀にそれを守っていたんだと思うと、なんだか切ない。ただ、お祭りの日だけは、夜遅くまで一緒に過ごしたそうだ。

パズルが解けるように、ソラの色々な謎が解けていく。僕と義孝さんは競うように、ソラと、琴葉さんの話を続けた。盛岡《もりおか》を過ぎても話は終わらなかった。義孝さんとこんなに話をすることなんて、一生ないと思っていたのに。

ようやく話し終えた時、義孝さんが言った。

「覚えていないだろうけど、おまえは昔、琴に会っているんだ」

「え？　どういうこと？」

「何度か家に連れて来たことがあったんだ。お爺様に見つからないようにこっそりだけど、そうしたらおまえが、ちょこちょこくっついてきて、それで三人で遊んだ」

「それ本当?」

あ……もしかして、一緒に遊んでくれたお兄さんとお姉さんって……。

「それもあって、おまえを見るのが辛かった。琴を思い出すから……。チー君って勝手に呼び名をつけて、ずいぶん可愛《かわい》がっていたっけ……」

それを聞いて僕はまた泣きそうになった。記憶がなくても、ソラは心のどこかで僕のことを、わかっていたのかもしれなかった。

「今まですまなかった」

義孝さんはそう言って、ため息をつくみたいに、小さく言葉を吐いた。

「琴に会いたいな。会ってもう一度だけ、話をしたい」って。

その横顔はやっぱりカッコよくて、でもすごく、悲しかった。

弘前駅で、用事をすませてくるという義孝さんと別れて、家に帰った。

本家に見慣れない荷物が届いていた。そうだ、明日結納だって言ってたっけ。

「帰ったの?」と、すぐに母さんが出てきた。

「びっくりしたわよ、義孝さんと東京に行くなんて。で、何しに行ったの？」興味津々で訊いてきたけど、まさか本当のことは言えなくて、「義孝さんの知り合いが亡くなって、それにつき添っただけ」と誤魔化《ごまか》し、部屋でみんなにＬＩＮＥで報告をした。

土曜日だけど、みんなは僕の連絡を待っていたみたいで、すぐに集まることになった。

みんなが来るまでは時間があったから、昨日は入れなかったお風呂に入った。ぼんやり湯船につかりながら、義孝さんの言葉を頭の中で繰り返した。

「琴と会いたいな。会ってもう一度だけ、話をしたい」という言葉を。

雪が落ち始めていた。もうすぐ三月になるのに、津軽の雪は全然融ける気配がない。

雪花《ゆきばな》にはもうみんな集まっていて、僕が到着すると待ち構えていたように、どうだった？　と訊いてきた。亡くなったことはＬＩＮＥで伝えておいたけど、僕は雑賀家でおばあちゃんや未来ちゃんから聞いた、姫――琴葉さんが病に冒されてからのことを一つ一つ話していった。

「ソラ、本当に死んじゃったんだね」ルンルンがしみじみと言って目を伏せた。霊能犬ランランは、時々何かを探すように周りを見回しては、クゥ～ンと鳴いた。

義孝さんのことも話した。琴葉さんとの出会い、義孝さんがどんなに彼女を大切に思っていたか、そしてお祭りの日のことや、昔、小さかった僕と遊んでいたことも伝えた。

「こうしてみると、みんな繋《つな》がってる気がするな」リーダーが言った。

止まってしまった時間の中で、彼女はソラとして僕達の前に現れ、義孝さんを琴葉さんやその家族のもとに連れて行った――僕もそんな気がした。

「でも、義孝さんはそれで救われたのかな？　結局死んじゃったのに」リンが言った。

「うん。それで、みんなに相談があるんだ」

僕は、義孝さんとソラ――琴葉さんを会わせてあげたいと、みんなに伝えた。ちゃんと話をさせてあげたいって。

「話って、ソラ、もういないんでしょ？」リンの言葉に僕は頷いた。

「でも、別の方法がある。それを、リンに頼もうと思ったんだ」

まさか……と、リーダーが顔をしかめた。

「ばあちゃんに、口寄せ頼むのか？」

「無理、ばあちゃんの口から出るソラの言葉なんてありえない。通常営業で先に逝ってすまないとか言われたら、義孝さん、どうなるのよ」

「僕だって、リンのおばあちゃんの口からソラの言葉なんて聞きたくないよ」

「じゃあ……」リンは言いかけて、「まさか」と、目を見開いた。

「イタコのリケ女か⁉」

「リケ女のイタコだよ！」

「どう違うのかわからないけど、どっちも無理！」

リンが叫んだ。「何それ何それ」と、健太君とルンルンが身を乗り出すごとに、いちいちリーダーが事情を説明した。

「リン、素質あるんでしょ。義孝さんもリンが琴葉さんに似てるって言ってたし」

僕は義孝さんから聞いた、南高で会った時のことを話した。

「桐岡さんならきっとできると思う」ルンルンが言う。

「あんたまで私をイタコにする気？」

「おまえがやらないと、ばあちゃんがソラの真似することになっかもしんねーぞ」

リンが複雑な顔でみんなを見渡した。

「リンならできると思う。霊能犬ランランもいるし、みんなもいるし。僕だって！　みんなでソラを呼べば、絶対できると思うんだ」

言うと、リンは、「ああ、わかったわよ！」と、やけになったみたい。

「でも、ダメでも文句は言わせないからね」と、僕達を睨んだ。

義孝さんには僕から連絡することにして、みんなと別れて家に戻ると、母さんが「千尋、大変！」と飛んできた。

　さっき、義孝さんが婚約者の家に行って、婚約を解消してきたという。

「本家、大騒ぎよ。お爺様が激怒して、勘当するとか言ってるんだって」

「それで、義孝さんは？」

「その報告だけして姿を消したらしいわ」

　まさかそこまでやるとは思っていなかったから、びっくりした。琴葉さんと再会した義孝さんは、生まれて初めてお爺様が敷いたレールから外れて、自分の意思で動いたんだ。

　部屋に入って急いで義孝さんに電話をした。電源が切られているみたいだった。ひっきりなしにみんなが連絡を取ろうとしているんだと思う。

　夜、かなり遅い時間に、義孝さんからスマホに着信が来た。弘前にいると見つかりそうなので、青森のホテルに泊まっているらしい。

「あの、大丈夫なの？」と訊いたら、『さあ……』って、答えが返ってきた。でも、橘志保《たちばなしほ》さんとの結婚だけはどうしてもできないと思って、東京にいる間に婚約破棄を決めたらしい。

「そうだったんだ」僕は相槌を打ったあと、琴葉さんと話をさせてあげられるかもしれないことを伝えた。

『本当に、琴と話せるのか……？』

「絶対とは言えないけど……」

僕はリンを介して琴葉さんを呼び出そうとしていることを話した。もしかしたらバカバカしいって拒まれるかもしれないと思ったけど、義孝さんは、どんな方法でもいいから琴葉さんと話をしたい様子で、『頼む……』と、小さな声で言った。

僕は「うん」と答えて、通話を切ってすぐにみんなに連絡をした。

それからしばらくの間、澤村家は婚約破棄の後始末や跡取り問題でざわついていた。

父さんは連日のようにお爺様に責められ、ブツブツ文句を言っていたけど、母さんは、「あのイケメン、ついに自我に目覚めたのかしら」と、この出来事を妙に面白《おもしろ》がっていた。

義孝さんは相変わらず行方をくらましていたけど、今回のことが一刻も早く終息に向かうように手をまわしていたみたいだ。やっぱりそういうところ抜かりがない。

「慰謝料は、義孝さんが、個人でかなりの額を払ったみたいよ」と、母さんが言った。

そして次の土曜日、僕達はソラ――琴葉さんを呼び出すという、最後のミッションを決行することにした。

時間はいつもソラが現れていた放課後。それは義孝さんと琴葉さんが過ごした僅かな時間帯でもあった。

早めに家を出て、北門から本丸広場に向かうと、ランランの吠える声が聞こえた。一瞬期待して駆け上ったけど、やっぱりソラの姿はなくて、リーダーと健太君が、ランランのリードを取りながら走っていた。

リンは少し遅れてきた。

「ばあちゃんと話してた」

めずらしく緊張しているみたいだ。

「ソラが来なかったら、どうしよう。……やっぱりばあちゃんみたいに、先に逝ってごめんとか、言ったほうがいいのかな？」

「やめろ。俺、笑いこらえる自信ねーし、そんな器用な真似、おまえにはできねーだろうが」

ジョギングを終えたリーダーが息を切らしながら言った。

「ダメならしょうがないよ。でも、リンだけが頑張るんじゃなくて、みんなで願えば、きっと来てくれるって、僕思うんだ」

「じゃあ私、全身全霊を込めてお願いする！」ルンルンが言った。

しばらくすると、本丸広場に上がってくる義孝さんの姿が見えてきた。

いつものスーツ姿じゃなく、チノパンとセーターにカジュアルなコートを着て、変装のつもりかサングラスをかけていたけど、そんな風にしなくても、少しやつれた感じはいつもとは違う人みたいだった。

僕達を見つけて、義孝さんはサングラスを外し、頭を下げた。

みんなは曖昧《あいまい》にお辞儀をして顔を見合わせた。今までとは別人みたいになっちゃってたから、戸惑ったんだと思う。

義孝さんは本丸公園を見渡し、岩木山《いわきさん》のほうに目を向けた。

「見えないな、岩木山」

「あの、ソラもいつも岩木山って言ったけど、なんかあるんっすか?」

「あ……今日は見えるか見えないかって賭けをして、負けたほうが一つだけ言うことを聞くことにしてたんだ。先に選ぶのはいつも琴葉で、天気で大体予想がつくから俺はいつも負けて缶コーヒー奢《おご》らされたりしてたけど、たまに勝った時は、その分無茶なこと言ったかな」

義孝さんが懐かしそうに、ほんの少し口元を緩めた。

僕はあたりを見回した。なんだかソラがいるような気がして。

でも、真っ白な世界には、僕達しかいなかった。本当に死んでしまったソラは、今どこで、どんな姿でいるんだろう。もしかしたら、本当に手の届かないところに行ってしまったのかもしれない。

「始めるか」

リーダーが言った。

「うん」

東屋《あずまや》にリンが腰を下ろしてその前に義孝さんが座った。その周りをみんなが取り囲む。

リンが祈るようなしぐさをして目を瞑《つむ》った。

ずいぶん時間が経った気がした。リンが顔を押さえ蹲《うずくま》った。ソラが降りたのかと思ったけど、「無理……」という吐き出すような声でリンだとわかった。

「やっぱり無理。来てっていくら思っても、何も起こらない」

義孝さんが悲しそうに目線を落とした。それを見て、リンはもう一度、目を瞑った。

同じように僕も目を瞑り、来てって、これ以上ないくらい必死で願ったけど、しばらくしてまたリンの声が聞こえた。

「ちょっと休憩」

緊張していた空気が一気に緩む。

暮れ始めた空から雪が落ちてきた。

緊張をほぐそうとしているのか、リーダーと健太君が、ランランを連れて本丸広場を走りだした。ランランの吠える声と、「待ってー」とルンルンがあとを追う声が響いた。ソラがいた時の、賑やかな本丸広場みたいだ。

リンは東屋を離れ、岩木山の方向を向いて大きく息を吸い込んだ。

「無理させてすまない……。琴葉がなぜ留学するなんて嘘ついたのかとか、どうして本当のことを言ってくれなかったのかとか、頭の中で整理できないことがやまほどあって、どんな形でも構わないから、もう一度話をしたかったんだ……」

義孝さんが言った。やっぱり琴葉さんは来ることができないのかもしれない。そして、ソラにも二度と会えないのかもしれない。そう思い始めた時だった。

突然、リンが口を開いた。

『ごめんね……、私もっと簡単だと思ってたんだ』

はじめは、リンがソラの言葉を伝えられないことを言ったんだと思った。でも、その喋り方はいつものリンと違っていて、義孝さんはハッと顔を上げて、リンを見つめた。

『もっと簡単に、タカちゃんが、私を忘れてくれると思ってた……』

「琴……」

義孝さんが目を見開き、小さく呟いた。

リンじゃない。ソラ、ううん、琴葉さんだ。

『高校生の恋なんてほとんど成就しないし、その時どんなに好きでも、どんなに傷ついても、少し時間が経てば忘れてくれると思ってた。タカちゃんの人生は、たぶん、私よりずっとずっと長いんだから、傷ついて、忘れて、別の何かを見つけて、元気に歩き出してくれると思ってた』

ランランが尻尾を振って、こっちに走って来るのが見えた。様子を察したみんなが戻ってきて、義孝さんと、琴葉さんの言葉を語るリンを見つめる。

『死ぬかもしれないってわかった時、一番に考えたのがタカちゃんのことだった。私が死んだら、どうなるだろうって。死んだ私を引きずって、苦しみ続けるかもしれない。助かっても後遺症が残ったら、もっと苦しめてしまうかもしれない。助かる確率はほんの僅かだったから……。だから、タカちゃんを苦しめ続けるくらいなら、あのくそ女って、中学校で喧嘩していた時みたいに罵倒《ばとう》して、怒って、憎んで、嫌いになって、忘れてもらおうと思った……。それで傷つけた。タカちゃんと過ごした大切な毎日を退屈だったたって言って、澤村の坊ちゃんだからつき合ったたって言って、こんな町を出て留学するって言っ
……私、タカちゃんに嫌いになってもらうために、すごく頑張って、必死に嘘をついたん

だ』

「バカ……何やってんだよ……」

そう言った義孝さんの声は、かすれてて、でも、すごく優しく聞こえた。

雪が少し強くなってきて、リンの姿が少し霞んだ。

『でも、私間違っていた。今のタカちゃんの姿を見た時、ちゃんと向き合うべきだったって……そう思った。苦しませないようにと思って私がついた嘘で、タカちゃんはずっとずっと傷ついて、私じゃなく、自分を、自分の人生を憎んでしまっていた……』

「うん。俺は琴が思うよりずっと琴を好きだったから……」

義孝さんの声が途切れた。その時僕は雪の中にかすかに赤い色を見た。霊能犬ランランが、ワンと一言吠えた。そして僕は見たんだ。ソラが義孝さんに向かい合うのを。義孝さんもソラを見ていた。やっぱりソラは成長していなくて、十八歳のままの姿で、義孝さんを見つめ、そして、抱きしめた。

『タカちゃんと会えて、幸せだった。ありがとう』

優しいソラの声が聞こえた。

「ソラだ……」リーダーが小さな声で呟いた。

義孝さんの近くにいたリンは、ハッと我に返ったあと、そっと離れて二人を見守っていた。ソラが見えているんだ。僕だけじゃなくて、みんなにも。

ランランはクゥ～ンと切なげな声を上げて尻尾を振り、ルンルンはリードを握り締めたまま呆然と二人を見た。

健太君は、やべぇ、マジやべぇと呟きながら目をこすった。

そしてリーダーは、こらえるみたいに、クッと唇を嚙《か》みしめていた。


ソラはずいぶん長い間、義孝さんをその腕に包み込んでいた。やがて顔を上げると、

『覚えていて。私が一生かけてタカちゃんを愛したことを……。そして約束して、ちゃんと自分を好きになって、元気になって、悔いのない人生を送るって……』

そう義孝さんに言った。

義孝さんは、声にならない声で、「琴……」と呟き、「ああ……」と頷いた。

ソラは、ううん、琴葉さんて呼んだほうがいいのかもしれないけど、僕達のほうを向き、

『チー君、みんな、ありがとう』という言葉と、笑みを残して姿を消した。

いつしか日が暮れ、街灯の灯《あか》りの中、絶え間なく降り続ける雪がキラキラと光って見えた。不思議と寒さは感じなかった。ソラとの思い出、ソラとの時間、そして琴葉さんへの想い。僕達の想いのすべてを包み込むように、雪は静かに降り続けていた。

エピローグ　澤村千尋

春風が吹き、根雪が融ける頃、僕はリーダーと健太《けんた》君と一緒に南高《みなみこう》のグラウンドを走っていた。「逃げ足の速さがすごい」という褒《ほ》めてるのか貶《けな》してるのかわからない理由で、リーダーに半ば強制的に陸上部に入部させられたのだった。

ソラが消えてからしばらくは、僕達は何もする気が起きなくて雪花《ゆきばな》に集まってはソラの思い出に浸っていたけど、日常は否応なしに戻ってきていて、こうしていつしかソラも思い出になっていくのかな……と思うようになっていた。

でもその日常は以前とはまったく違っていた。信じられる友達が今僕にはいて、相変わらず変なモノは見えるけど、前ほど怖がらずに静かに見守れるようになった。そして、魔王が本家を出ていった。

広い世界を見たい――そう言って旅立った義孝《よしたか》さんは、個人の貯金のほとんどを婚約破棄の慰謝料として支払い、「おまえのせいで貧乏になった」と僕に文句を言っていたけど、

「一番大切だった女の子が人生をかけて俺を想ってくれた。それだけでどんなことにも耐えられると思う。……それに、琴《こと》と約束したし……」

旅立つ前にそう話した義孝さんは、寂《さび》しそうではあったけど、以前の冷たい雰囲気とはまったく違っていて、そうだ……魔王じゃなくて人間だった。


「あんた達、いつまで走ってるの〜⁉」

見ると、リンとルンルンが帰り支度をしてグラウンドの横に立っていた。

「ウィッス！　すぐ行く！」二人を見てリーダーが叫んだ。

リンはルンルンに頼まれて、時々英語部に顔を出していて、今日は部活の帰り時間に合わせて久しぶりに集まろうという話になっていた。

素早く着替えを終えて僕達は城址《じょうし》公園に向かった。本丸広場までもう少しというところで、僕とリンとリーダーのスマホから、同時にＬＩＮＥ《ライン》の着信音が鳴った。

「雑賀未来《さいかみく》か？」

「他にいないでしょ。私達に送る人」

画面を開いて、同時にその画面に見入った。そこに大きな岩木山《いわきさん》を背にした、僕達とソラと義孝さんが並んでいる絵があった。

「ようやく絵が完成したので、写真を送ります。岩木山を描くはずが、そこに琴葉《ことは》ちゃん――ソラを入れてあげたくなって、そうしたら義孝さんも、チー君も、リンちゃんも、リーダーも健太くんも、ルンルンランランもみんな入れたくなって、なんだか集合写真みたいになっちゃいました」

岩木山の見える真っ白な雪景色の中で、ソラが笑っていた。

その時、僕達の前を、ふわっと何かが横切った。それは本丸広場から飛ばされてきた桜の花びらだった。

その花びらに続くように、ざざっと花吹雪《ふぶき》が舞う。それがまるでソラからの贈り物のように思えて、僕達は顔を上げてしばらくの間その景色を見つめていた。

（END）

集英社オレンジ文庫をお買い上げいただき、ありがとうございます。
ご意見・ご感想をお待ちしております。

● あて先
〒101-8050　東京都千代田区一ツ橋2-5-10
集英社オレンジ文庫編集部 気付
美城　圭先生

雪があたたかいなんて いままで知らなかった

集英社
オレンジ文庫

2018年1月24日　第1刷発行

著　者　美城　圭
発行者　北畠輝幸
発行所　株式会社集英社
〒101-8050東京都千代田区一ツ橋2-5-10
電話【編集部】03-3230-6352
【読者係】03-3230-6080
【販売部】03-3230-6393（書店専用）
印刷所　株式会社美松堂／中央精版印刷株式会社

※定価はカバーに表示してあります

ISBN 978-4-08-680173-7 C0193